GRYFFINDOR

용기

기백

결단력

해리 포터 시리즈

읽는 순서:
해리 포터와 마법사의 돌
해리 포터와 비밀의 방
해리 포터와 아즈카반의 죄수
해리 포터와 불의 잔
해리 포터와 불사조 기사단
해리 포터와 혼혈 왕자
해리 포터와 죽음의 성물

라틴어로도 읽을 수 있는 책:
해리 포터와 마법사의 돌
해리 포터와 비밀의 방

웨일스어, 고대 그리스어, 아일랜드어로도 읽을 수 있는 책:
해리 포터와 마법사의 돌

함께 읽을 책
신비한 동물 사전
퀴디치의 역사
(코믹 릴리프와 루모스를 돕고자 출간되었음)
음유시인 비들 이야기
(루모스를 돕고자 출간되었음)

이 세 권은 또한 다음의 시리즈로 출간되었습니다:
호그와트 라이브러리
(코믹 릴리프와 루모스를 돕고자 출간되었음)

일러스트 에디션
짐 케이 일러스트
해리 포터와 마법사의 돌
해리 포터와 비밀의 방
해리 포터와 아즈카반의 죄수
해리 포터와 불의 잔

올리비아 L. 길 일러스트
신비한 동물 사전

크리스 리델 일러스트
음유시인 비들 이야기

혼혈 왕자

1

J.K. 롤링 지음 | 강동혁 옮김

문학수첩

HARRY POTTER & THE HALF-BLOOD PRINCE

First published in Great Britain in 2005 by Bloomsbury Publishing Plc
This edition Published in October 2021
Text © J.K. Rowling 2005
Cover and interior illustrations by Levi Pinfold © Bloomsbury Publishing Plc 2021
Wizarding World is a trade mark of Warner Bros. Entertainment Inc.
Wizarding World Publishing and Theatrical Rights © J.K. Rowling
Wizarding World characters, names and related indicia are TM and © Warner Bros.
Entertainment Inc. All rights reserved.
Korean translation copyright © 2022 by Moonhak Soochup Publishing Co., Ltd.

나의 아름다운 딸 매켄지에게,

잉크와 종이로 된

쌍둥이를 바칩니다.

GODRIC
GRYFFINDOR

고드릭 그리핀도르

CONTENTS

GRYFFINDOR
그리핀도르

◆ 소개 ◆

"어쩌면 그리핀도르가 될 수도 있겠지.
마음속 깊이 용기를 품은 자들이 사는 곳,
대담함과 용기, 기사도 정신이
단연 돋보인다네."

기숙사 배정 모자

새 학기가 시작하면서 덤블도어가 모든 학생을 환영하려고 두 팔을 들어 올리자 학생들은 덤블도어의 검게 변한 쪼그라든 손을 보게 되고, 대연회장 전체에 수군거리는 소리가 번져 갑니다. 학생들은 이 상처가 교장의 용기와 앞으로 다가올 엄청난 희생의 상징이라는 사실을 잘 알지 못하니까요.

펜시브 깊은 곳으로 함께 들어간 덤블도어와 해리는 볼드모트의 과거와 연결된 기억을 탐구합니다. 이때 덤블도어는 어둠의 왕의 호크룩스를 찾는 여정이라는 사실을 밝히고 해리의 운명을 정해 줍니다. 그러나 해리는 그 임무에 집중하지 못합니다. 혼혈 왕자에 관한 수수께끼로 머릿속이 꽉 차 있죠. 혼혈 왕자는《고급 마법약 제조》의 닳아빠진 페이지를 통해 해리에게 계속 말을 걸어 옵니다. 집중하지 못하는 또 한 가지 이유는 드레이코 말포이의 이상한 행동 때문입니다. 숙적인 말포이가 볼드모트의 핵심 측근이 되었다고 믿어 의심치 않게 된 해리는 말포이가 죽음을 먹는 자라는 사실을 증명할 작정입니다.

론도 완전히 다른 데 정신이 팔려 있습니다. 행운이 찾아왔는지, 론은 그리핀도르 파수꾼으로 전례 없이 쉽게 골을 막아내고, 같은 그리핀도르 학생인 라벤더 브라운의 마음을 얻어 헤르미온느 그레인저의 짜증을 돋우죠. 네빌에게도 올해는 운이 변하는 해입니다. 네빌은 마법 정부에서 벌어진 싸움의 여파로 명성을 얻게 되고, 그 덕분에 할머니에게서 새 지팡이를 선물 받습니다. 하지만 위즐리 쌍둥이야말로 누구보다 대단한 성공을 거둡니다. 이들이 새로 연 사업인 '위즐리 형제의 위대하고 위험한 장난감 가게'는 우울하게 변해 버린 다이애건 앨리에서 절대 그냥 지나쳐서는 안 되는 가게가 되었습니다. 쌍둥이는 (꾀병 과자 세트 중에서 가장 인기 많은 제품인) 코피 캔디부터 특허 받은 몽상 마법(부작용으로 멍한 표정을 지을 수 있고, 경미하게 침을 흘릴 수 있습니다)에 이르기까지 참신한 상품들로 큰 성공을 거둡니다.

덤블도어는 마지막 행동에 나서서 그리핀도르 출신임을 증명하는 불굴의 용기와 용감함을 보여 줍니다. 동굴에서의 임무는 위험이 가득하지만 덤블도어는 물러서지 않고 또 다른 호크룩스를 찾기 위해 해리로 하여금 끔찍하고 고통스러운 마법약을 마지막 한 방울까지 덤블도어 자신에게 먹이도록 합니다. 천문탑 위에서 덤블도어는 사나운 적들과 운명 모두를 품위 있게 맞아들입니다. 심금을 울리는 폭스의 곡소리가 학교에 울려 퍼지자 그리핀도르 학생들은 위대한 마법사 알버스 덤블도어를 절대 잊지 않겠다고 다짐합니다.

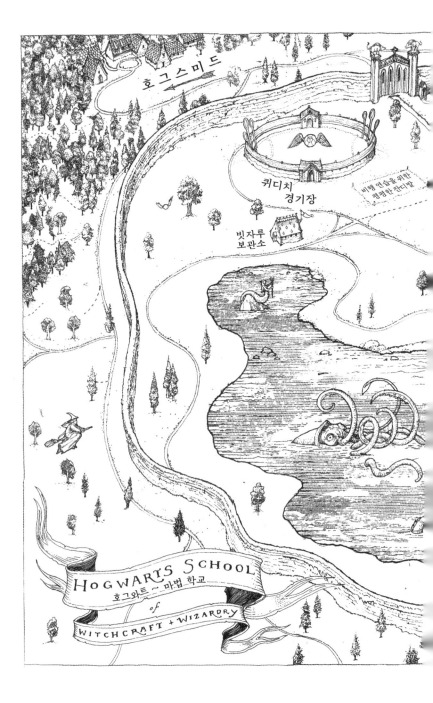

1장

또 다른 총리

거의 자정이 다 된 시각이었다. 총리는 집무실에 홀로 앉아 긴 문서를 검토하고 있었다. 그 내용은 아무런 의미도 남기지 않고 그의 머릿속을 스쳐 지나갔다. 총리는 먼 나라 대통령의 전화를 기다리고 있었다. 그 빌어먹을 작자가 언제 전화를 걸지 생각하며 아주 길고 힘들고 피곤했던 한 주간의 불쾌한 기억들을 억누르고 있느라 머릿속에는 다른 생각을 위한 공간이 별로 남아 있지 않았다. 앞에 놓인 종이의 활자에 집중할수록 그의 정적들 중 한 명의 고소해하는 얼굴이 더 선명하게 떠올랐다. 그자는 바로 그날 뉴스에 나와 지난주에 일어난 온갖 끔찍한 일들을 늘어놓을 뿐 아니라(대체 누가 그런 일들을 까먹을까 봐 상기시켜 줄 필요가 있다는 건가?) 그런 사건 하나하나가 왜 전부 정부의 잘못인지 설명했다.

총리는 이런 비난들을 떠올리는 것만으로도 맥박이 빨라지는 것을 느꼈다. 그것은 정당하지도 않고 사실도 아닌 비난이었다. 대체 그 다리가 무너지는 걸 정부가 어떻게 막았어야 한단 말인가? 누구든 정부가 다리의 유지 및 보수에 충분한 예산을 쓰지 않았다는 식으로 주장한다면 그건 터무니없는 일이었다. 그 다리는 지은 지 10년도 채 되지 않았다. 최고의 전문가들도 그 다리가 깔끔하게 두 동강 나서 열 몇 대의 자동차를 깊은 강으로 빠뜨린 이유를 설명하지 못하고 망연자실했다. 대대적인 관심을 받은 그 끔찍한 살인 사건도 마찬가지였다. 누가 감히 경찰관이 부족해서 그런 일이 일어났다는 식으로 말할 수 있단 말인가? 엄청난 인명과 재산을 앗아 간 웨스트 컨트리의 이상한 허리케인을 정부가 어떻게든 예측했어야 한다는 주장은 또 어떻고? 게다가 허버트 촐리 부총리가 하필 이번 주에 너무나 이상한 행동을 하는 바람에 가족과 많은 시간을 보내게 된 것까지도 총리의 잘못이란 말인가?

"온 나라가 암울한 분위기에 휩싸여 있습니다." 그의 정적은 얼굴 가득 번지는 미소를 거의 감추지도 않고 그렇게 결론 내렸다.

불행하게도 그 말은 완벽한 사실이었다. 총리 자신도 느꼈다. 사람들은 정말 어느 때보다 더 비참해 보였다. 날씨마저 울적했다. 7월 중순에 이 싸늘한 안개하며……. 뭔가 잘못됐다. 정상이 아니었다…….

문서의 두 번째 페이지로 넘어간 총리는 글이 얼마나 길게 이어지는지 보더니 더 읽어 봤자 소용없다 생각하고 읽기를 포기해 버렸다. 그는 머리 위로 양팔을 뻗어 기지개를 켜면서 슬픔에 잠긴 채 집무실을 둘러보았다. 꽤 훌륭한 방이었다. 근사한 대리석 벽난로 맞은편에는 계절에 맞지 않는 냉기를 막느라 굳게 닫힌 긴 내리닫이 창들이 있었다. 총리는 약간 떨며 자리에서 일어나 창가로 간 뒤 유리창에 다가드는 옅은 안개를 내다보았다. 바로 그때였다. 집무실을 등지고 서 있는데 뒤에서 작은 기침 소리가 들렸다.

총리는 어두운 유리창에 비친, 겁에 질린 자기 모습과 코를 맞댄 채 얼어붙었다. 귀에 익은 기침 소리였다. 전에도 들어 본 적이 있었다. 총리는 아주 천천히 돌아서서 텅 빈 집무실을 마주 보았다.

"누구 있어요?" 그가 속으로 느끼는 것보다는 용감한 목소리를 내려고 애쓰며 말했다.

　총리는 한순간 아무도 대답하지 않을 거라는 불가능한 기대를 감히 품어 보았다. 그러나 어떤 목소리가 곧바로 응답했다. 미리 써 둔 성명서를 읽는 것처럼 사무적이고 단호한 그 목소리는, 총리가 기침 소리를 듣자마자 알아차렸듯 집무실 한구석 작고 더러운 유화 속 왜소한 남자가 낸 것이었다. 개구리를 닮은 얼굴의 그 남자는 긴 은색 가발을 쓰고 있었다.

　"머글 총리에게. 긴급 회동 요청. 즉시 응답 바람. 퍼지." 그림 속 남자는 대답을 기다리듯 총리를 바라보았다.

　"어……." 총리가 입을 열었다. "그게…… 지금은 시기가 별로 좋지 않습니다……. 제가 지금 어떤 전화를 기다리고 있어서요……. 상대는 대통……."

　"그 일정은 조정 가능함." 초상화가 대번에 말했다. 총리는 가슴이 철렁했다. 그가 두려워하던 게 바로 이런 일이었다.

　"하지만 꼭 통화를 했으면 하는데……."

　"상대 대통령이 전화하는 걸 잊도록 조처하겠음. 대신 내일 밤에 전화할 예정임." 작은 남자가 말했다. "퍼지 총리에게 즉시 응답 바람."

"난…… 아…… 알겠습니다." 총리가 힘없이 말했다.
"네, 퍼지 총리를 만나죠."

그는 넥타이를 고쳐 매면서 서둘러 책상으로 돌아갔다. 다시 자리에 앉아 편안하게, 당황하지 않은 것처럼 보이려고 표정을 가다듬기가 무섭게, 텅 빈 대리석 벽난로 안에서 밝은 초록색 불꽃이 훅 치솟았다. 총리는 놀라거나 두려워하는 티를 내지 않으려고 애쓰며, 불꽃 속에서 풍채 좋은 남자가 팽이처럼 빠르게 돌면서 나타나는 광경을 지켜보았다. 잠시 후, 그 남자는 상당히 정교하고 고풍스러운 깔개 위로 기어 나오더니 가는 세로줄무늬가 들어간 긴 망토 소매에 묻은 재를 털어 냈다. 손에는 연두색 중산모를 들고 있었다.

"아…… 총리님." 코닐리어스 퍼지가 손을 뻗고 성큼성큼 앞으로 나서며 말했다. "다시 만나서 반갑습니다."

솔직히 총리는 이런 인사치레에 답례할 수 없는 처지였으므로 아무 말도 하지 않았다. 그는 퍼지를 만난 게 전혀 반갑지 않았다. 퍼지가 등장한다는 건 그 자체로 순전히 놀라운 일이었지만, 이제 곧 아주 나쁜 소식을 듣게 된다는 뜻이기도 했다. 게다가 지금 퍼지는 근심 걱정에 찌든 모습이었다. 몸이 더 야위었고 흰머리도 전보다 늘었으며 머리는 심하게 빠지고 얼굴은 주름투성이였다. 총리는 전에도 정치인들에게서 저런 모습을 본 적이 있는데, 그게 좋은 징조였던 경우는 한 번도 없었다.

"무슨 일이시죠?" 그가 퍼지와 짧게 악수하고, 책상 앞에 놓인 것 중에서 가장 딱딱한 의자를 가리키며 말했다.

"어디서부터 말을 꺼내야 할지 모르겠군요." 퍼지가 의자를 끌어다 놓고 앉아 녹색 중산모를 무릎에 올려놓으며 웅얼거렸다. "엄청난 한 주였소. 아주 굉장한……."

"총리님도 힘든 한 주를 보내셨나 보군요?" 머글 총리가 뻣뻣하게 물었다. 퍼지가 굳이 더해 주지 않더라도 이미 자신한테는 문제가 차고 넘칠 만큼 있다는 사실을 전달하고 싶었다.

"네, 물론입니다." 퍼지가 지친 듯 눈을 문지르고 총리를 뚱하게 바라보며 말했다. "나 역시 총리님과 같은 한 주를 보냈소. 브록데일 다리도 그렇고, 본즈와 밴스의 피살 사건도…… 웨스트 컨트리의 그 난리는 말할 것도 없고요……."

"총리님이…… 음, 총리님의…… 그러니까 내 말은, 총리님 쪽 사람들이 그런…… 그런 일에 연루되어 있다는 겁니까?"

퍼지는 무척 근엄한 눈길로 총리를 지그시 바라보았다.

"당연하지요." 그가 말했다. "물론, 총리님도 무슨 일인지는 눈치채셨겠지요?"

"나는……." 총리가 머뭇거렸다.

총리가 퍼지의 방문을 그토록 싫어하게 된 것은 바로 이런 태도 때문이었다. 그는 어쨌든 총리였고, 아무것도 모르는 학생이 된 듯한 기분이 드는 건 달갑지 않았다. 하지만 총리가 된 첫날 저녁에 처음 만난 순간부터 퍼지와의 관계는 늘 이런 식이었다. 총리는 그 순간을 어제 일처럼 생생하게 기억하고 있었으며 죽는 날까지 그 기억에서 놓여나지 못하리라는 것도 알고 있었다.

당시 총리는 바로 이 집무실에 홀로 서서, 오랫동안 꿈꿔 오며 전략을 세운 끝에 마침내 거머쥔 승리를 음미하고 있었다. 그때 바로 오늘 밤처럼, 등 뒤에서 기침 소리가 들려왔다. 돌아보니 초상화 속 그 못생긴 작은 남자가 그에게 말을 걸고 있었다. 그리고 마법 정부 총리가 곧 도착해서 자기소개를 할 거라고 전했다.

당연하게도, 그는 기나긴 유세와 선거로 인한 긴장 탓에 자기가 미쳐 버린 거라고 생각했다. 말을 거는 초상화를 본 것만으로도 너무나 공포스러웠지만 자칭 마법사라는 인물이 벽난로에서 튀어나와 악수할 때의 기분에 비하면 그건 아무것도 아니었다. 퍼지가 전 세계에는 아직도 비밀리에 살아가는 마법사들이 있다고 친절하게 설명하면서, 마법 정부가 마법사 사회 전체를 책임지고 있고 비마법사 인구가 그에 대해 알게 되는 일은 없도록 막고 있으니 골치 아플 것은 없다고 안심시키는 내내 총리는 아무 말도 하지 못했다. 퍼지 말로는, 마법 정부의 일이란 빗자루를 분별 있게 사용하도록 규제하는 것부터 용 개체 수를 통제하는 데 이르기까지 모든 것을 포괄하는 어려운 작업이었다(총리는 이 시점에서 몸을 지탱하려고 책상을 꽉 움켜쥐었던 것이 기억났다). 그러더니 퍼지는 여전히 충격을 받아 멍해져 있는 총리의 어깨를 마치 아버지처럼 두드렸다.

"걱정할 것 없어요." 그는 그렇게 말했었다. "나를 다시 안 보게 될 수도 있습니다. 나는 우리 측에서 정말로 심각한 일이 벌어질 때만 총리님을 귀찮게 굴 거요. 머글들, 그러니까 비마법 인구라고 해야겠군요. 그들에게 영향을 끼칠 가능성이 높은 일들이 일어났을 때 말입니다. 그런 일만 일어나지 않으면 서로 각자 알아서 살아가면 됩니다. 그리고 이 말은 해 둬야겠는데, 당신은 그래도 전임자보다는 훨씬 잘 받아들이는군요. *그 사람*은 나를 창밖으로 던져 버리려고 했어요. 야당이 꾸민 장난질이라고 생각했나 봅니다."

이 말에 총리는 마침내 목소리를 되찾았다.

"그럼…… 그럼 야당 쪽 장난이 아니라는 겁니까?"

장난, 그것이야말로 총리의 절박한 마지막 희망이었다.

"아니오." 퍼지가 부드럽게 말했다. "뭐, 유감이지만 아닙니다. 보시오."

그러더니 그는 총리의 찻잔을 애완 쥐로 바꾸어 놓았다.

"하지만……." 총리는 자신의 찻잔이 다음번 연설문 한 귀퉁이를 갉아먹는 광경을 지켜보며 숨 가쁘게 말했다. "하지만 왜…… 왜 아무도 얘기를……?"

"마법 정부 총리는 오직 재임 중인 머글 총리에게만 직접 모습을 드러냅니다." 퍼지가 재킷 안주머니에 마법 지팡이를 다시 찔러 넣으며 말했다. "우린 그것이 비밀을 유지하는 최선의 방법이라고 생각합니다."

"하지만 그러면……." 총리가 힘없이 푸념했다. "어째서 전임 총리는 저한테 미리 말하지……?"

그 말에 퍼지는 실제로 웃음을 터뜨렸다.

"친애하는 총리님, 당신이라면 누구한테 말할 수 있겠소?"

퍼지는 계속 껄껄 웃으며 벽난로 안에 어떤 가루를 뿌리고 에메랄드색 불꽃 속으로 들어가더니 휙 하는 소리와 함께 사라졌다. 그 자리에 꼼짝 않고 서 있던 총리는 자신이 살아 있는 한 이 만남에 대해 결코 누구에게도 이야기하지 않으리라는 사실을 깨달았다. 세상이 아무리 넓다 해도 과연 누가 이런 얘기를 믿어 주겠는가?

충격이 가시기까지는 시간이 조금 걸렸다. 그는 잠시 퍼지가 사실은 엄청나게 힘들었던 선거 유세 기간의 수면 부족이 가져다준 환각이라고 믿어 보려 했다. 그는 이 불쾌한 만남을 떠올리게 하는 모든 것을 잊으려는 헛된 노력으로 애완 쥐를 조카딸에게 줘서 그 애를 기쁘게 만들고, 보좌관에게 퍼지의 도착을 알렸던 못생긴 작은 남자의 초상화를 치우라고 지시했다. 그러나 경악스럽게도 초상화는 떼어 낼 수 없는 것으로 밝혀졌다. 목수 몇 명과 건설업자 두어 명, 미술사학자 한 사람과 재무장관 등등이 그 초상화를 벽에서 떼어 내려 했는데도 성공하지 못하자, 총리는 포기하고 그냥 그 초상화가 자기 임기 내내 아무 움직임 없이 잠자코 있기만 바라기로 결심했다. 가끔씩 그는 초상화의 주인공이 하품을 하거나 코를 긁는 것을 곁눈으로 봤다고 장담할 수 있었다. 심지어 한두 번은 그림 속 인물이 그냥 액자 가장자리로 걸어 나가면서 캔버스에 진흙 같은 갈색만 남아 있기도 했다. 총리는 초상화 쪽을 보지 않는 훈련을 했다. 그리고 그런 일이 벌어질 때마다 자기가 헛것을 본 거라고 스스로를 굳게 타일렀다.

그러다가 3년 전, 오늘과 아주 비슷한 어느 날 밤이었다. 총리가 혼자 집무실에 있는데 초상화가 또 한 번 퍼지가 곧 도착할 거라고 알렸다. 퍼지가 벽난로에서 튀어나왔다. 흠뻑 젖고 반쯤 정신이 나간 모습이었다. 총리가 왜 액스민스터 카펫에 온통 물을 뚝뚝 흘리고 있느냐고 묻기도 전에, 퍼지는 그가 한 번도 들어 본 적 없는 감옥과 '시리어스' 블랙이라는 남자, 호그와트 어쩌고 하는 단어와 해리 포터라는 소년에 대해 호들갑을 떨기 시작했다. 총리는 그중 어떤 이야기도 이해할 수 없었다.

"……나는 방금 아즈카반에서 오는 길이외다." 퍼지가 중산모 챙을 기울여 상당량의 물을 자기 주머니에 부으면서 숨 가쁘게 말했다. "북해 한가운데서 말입니다. 끔찍한 비행이었지……. 디멘터들이 소동을 일으켰소." 그는 몸을 떨었다. "……여태껏 탈옥한 자가 한 명도 없었으니 그럴 만도 하지. 어쨌든, 당신을 만나러 와야 했소이다, 총리님. 블랙은 잘 알려진 머글 살해범이고, 다시 '그 사람'에게 가담할 계획을 세우고 있을지도 모릅니다. 물론 총리님은 '그 사람'이 누군지도 모르겠지요!" 그는 잠시 절망적인 눈으로 총리를 응시하더니 말을 이었다. "뭐, 앉으시오. 앉으세요. 그간의 소식을 알려 줘야겠군요……. 위스키나 한잔 하시죠……."

총리 자신의 위스키를 그에게 권하는 것으로도 모자라 그의 집무실 의자까지 권하다니 말할 수 없는 분노가 치밀었지만 그는 어쨌든 자리에 앉았다. 퍼지는 마법 지팡이를 꺼내 허공에서 호박색 액체로 가득 찬 커다란 유리잔 두 개를 만들어 내더니 그중 하나를 총리의 손에 쥐여 주고 의자를 끌어당겨 앉았다.

퍼지는 한 시간이 넘게 이야기했는데, 어느 순간에는 특정 이름을 소리 내어 말하지 않으려고 양피지에 적어 놓고 위스키를 들지 않은 총리의 손에 밀어 넣었다. 마침내 퍼지가 돌아가려고 일어났을 때 총리도 자리에서 일어났다.

"그러니까 총리님 생각에는……." 머글 총리는 눈을 가늘게 뜨고 왼손에 쥐어진 이름을 내려다보았다. "볼드……."

"이름을 말해서는 안 되는 그 사람이오!" 퍼지가 버럭 소리쳤다.

"죄송합니다……. 총리님 생각에는 이름을 말해서는 안 되는 그 사람이 아직 살아 있다는 겁니까?"

"뭐, 덤블도어는 그렇다고 말하더군요." 퍼지는 가는 세로줄무늬 망토를 턱 아래까지 여미며 말했다. "하지만 우리는 아직 그자를 한 번도 포착하지 못했소. 개인적인 생각이지만, 그자는 추종자들을 얻기 전에는 위험하지 않아요. 그러니까 우리가 걱정해야 하는 건 블랙입니다. 그럼 경고 조치를 취하시겠소? 좋습니다. 그럼, 다시 볼 일 없기를 바랍니다, 총리님! 좋은 밤 보내시오."

하지만 그들은 다시 만났다. 1년도 채 지나지 않아 잔뜩 시달린 모습의 퍼지가 난데없이 국무회의실에 나타나서는 총리에게 쿠이디치(혹은 그 비슷하게 들렸다) 월드컵에서 작은 문제가 발생했고 머글 몇 명이 '연루되긴' 했지만 걱정할 필요 없다고, '그 사람'의 징표가 다시 목격되기는 했지만 별 의미는 없다고 말했다. 퍼지는 이것이 단발성 사건일 뿐이며, 그들이 대화를 나누는 이 순간에도 머글 교섭과에서 모든 기억 수정 작업을 처리하고 있다고 총리를 안심시켰다.

"아, 그리고 하마터면 잊을 뻔했는데" 하고는 퍼지가 덧붙였다. "트라이위저드 대회 때문에 외래종 용 세 마리와 스핑크스 한 마리를 들여오고 있습니다. 무척 일상적인 일이긴 하지만, 마법 생명체 통제 관리부에서 이 나라에 위험성 높은 생물들을 들여올 때는 당신에게 알려야 한다는 규정이 있다더군요."

"나는…… 무슨…… 용이라고요?" 총리가 말을 더듬었다.

"네, 세 마리입니다." 퍼지가 말했다. "스핑크스 한 마리랑요. 그럼, 좋은 하루 보내시오."

총리는 최악의 사태가 용과 스핑크스에서 그치기를 무엇보다도 바랐지만 그렇게 되지 않았다. 2년도 채 지나지 않아 퍼지가 또 한 번 벽난로에서 불쑥 튀어나왔다. 이번에는 아즈카반에서 대규모 탈옥이 발생했다는 소식이었다.

"대규모 탈옥이라고요?" 총리가 쉰 목소리로 따라 말했다.

"걱정할 것 없소, 걱정할 필요 없어요!" 이미 한 발은 불길 속에 들여놓은 채 퍼지가 소리쳤다. "금방 다 잡아들일 겁니다. 그냥 당신이 알아야 할 것 같아서!"

총리가 "저기, 잠깐만 기다리세요!"라고 소리칠 새도 없이 퍼지는 녹색 불꽃을 일으키며 사라졌다.

언론과 야당에서야 뭐라고 떠들든 간에 총리는 멍청한

사람이 아니었다. 첫 번째 만남에서 퍼지가 장담했던 것과 달리 그들이 서로를 꽤 자주 만나고 있다는 것도, 방문할 때마다 퍼지가 점점 더 허둥거린다는 것도 총리는 분명히 눈치채고 있었다. 마법 정부 총리(혹은, 마음속으로 퍼지를 떠올릴 때마다 늘 생각했던 대로 또 다른 총리)에 대해 생각하고 싶은 마음은 별로 없었지만, 다음번에 그가 나타나면 훨씬 더 심각한 소식을 가져올 거라는 두려움이 들수밖에 없었다. 그러므로 퍼지가 다시 한 번, 그것도 엉망진창이 된 채 그가 여기에 온 이유를 머글 총리가 잘 모른다는 사실에 초조해하고 경악한 얼굴을 하고 벽난로에서나오는 것을 보자, 총리는 극도로 우울했던 한 주 동안 벌어졌던 일 중에서도 최악의 사건이 벌어졌을 수도 있다고예감했다.

"내가 어떻게 그…… 마법사 사회에서 벌어지는 일을 알겠습니까?" 이번엔 총리가 쏘아붙였다. "나는 한 나라를 운영해야 하고, 지금 당장은 굳이 그런 일이 아니라도 이미 걱정거리가 산더미처럼……."

"우리의 걱정거리는 같은 겁니다." 퍼지가 그의 말을 끊었다. "브록데일 다리는 낡아서 무너진 게 아니오. 허리케인도 진짜 허리케인이 아니었고요. 그 살인 사건들도 머글

들이 한 짓이 아닙니다. 그리고 허버트 촐리는 가족들과 떨어져 있는 게 가족들한테 더 안전할 거요. 우리 측에서 지금 촐리를 세인트 멍고 마법 질병 상해 병원으로 이송시킬 준비를 하고 있습니다. 오늘 밤에 이송될 겁니다."

"그게 무슨…… 죄송하지만, *뭐라고요?*" 총리가 고함을 쳤다.

퍼지는 아주 깊게 한숨을 쉬더니 말했다. "총리님, 그자가 돌아왔다는 말을 전하게 되어 대단히 유감입니다. 이름을 말해서는 안 되는 그 사람이 돌아왔소."

"돌아왔다고요? '돌아왔다'는 건…… 그자가 살아 있다는 겁니까? 그러니까……."

총리는 3년 전 퍼지가 해 줬던 끔찍한 이야기를 떠올리려고 기억을 더듬어 보았다. 그 누구보다도 공포의 대상이었던 마법사, 1,000여 건이 넘는 잔혹한 범죄를 저지른 끝에 15년 전에 불가사의하게 자취를 감췄다는 마법사에 관한 이야기였다.

"그래요, 살아 있습니다." 퍼지가 말했다. "뭐랄까…… 모르겠군요. 죽일 수 없는 인간을 살아 있는 존재라고 할 수 있겠소? 난 사실 잘 이해가 안 되고, 덤블도어는 제대로 설명하지 않으려 듭니다. 하지만 어쨌든 그자는 확실히 몸을 가지고 있고, 길어 다니고 말하며 사람들을 죽이고 있습니다. 그러니까 아마, 우리 논의의 목적에 따라서 말하자면, 맞소. 그자는 살아 있소."

총리는 그 말에 뭐라고 대답해야 할지 알 수 없었지만, 뭐든 떠오르는 주제에 대해 잘 알고 있는 것처럼 보이고 싶어 하는 끈질긴 습관 때문에 지난 대화에서 떠오르는 세부적인 내용을 기억하려 애썼다.

"'시리어스 블랙'이 그…… 이름을 말해서는 안 되는 그 사람과 함께 있는 겁니까?"

"블랙? 블랙요?" 퍼지는 손가락으로 중산모를 빠르게 돌리며 혼란스러운 듯 말했다. "시리우스 블랙을 말하는 겁니까? 멀린의 턱수염 같으니, 아니오. 블랙은 죽었소. 알고 보니 우리가…… 음…… 블랙을 오해했더구려. 어쨌든 그자는 결백했소. 그리고 이름을 말해서는 안 되는 그 사람과 작당한 것도 아니었고요. 그러니까……." 그는 중산모를 더욱 빠르게 돌리며 변명하듯 덧붙였다. "모든 증거가 분명했는데…… 목격자도 50명이 넘었고…… 하지만 어쨌든, 방금 말했듯 그자는 죽었소. 실은 살해당한 거요, 마법 정부 건물 안에서. 실은, 조사가 있을 예정이외다."

굉장히 놀랍게도, 총리는 그 순간 퍼지에 대한 연민으로 가슴이 찌릿했지만, 그런 마음은 순식간에 사라졌다. 벽난로에서 모습으로 드러내는 분야에서는 부족할지 모르지만, 적어도 그가 맡은 정부 부서 어디에서도 살인 사건이 일어난 적이 없다는 사실에 반짝 우쭐한 마음이 들었던 것이다……. 적어도 지금까지는 그랬다…….

불안한 마음에 총리가 은근슬쩍 자기 책상을 문지르는데 퍼지가 말을 이었다. "아무튼 지금은 블랙이 중요한 게 아니오. 중요한 건 우리가 전쟁 중이라는 겁니다, 총리님. 우린 몇 가지 단계를 밟아야 합니다."

"전쟁이라고요?" 총리가 긴장한 목소리로 되물었다. "물론, 조금 과장해서 말씀하시는 거겠죠?"

"지금, 1월에 아즈카반에서 탈옥한 그자의 추종자들이 이름을 말해서는 안 되는 그 사람에게 가담한 상태입니다." 퍼지의 말이 점점 빨라졌다. 중산모는 너무 빨리 돌아가는 탓에 연두색의 흐릿한 형체로만 보였다. "그자들은 대놓고 활동하기 시작하면서 인정사정없는 파괴 행각을 벌이고 있소이다. 브록데일 다리 말이오, 그자가 한 짓입니다, 총리님. 나더러 물러나지 않으면 머글을 대량 학살하겠다고 위협했……."

"세상에, 그러니까 그 사람들이 살해당한 건 당신 잘못인데, 쇠줄에 녹이 슬있다느니 이음새가 부식됐다느니 하는 온갖 질문에 답해야 했던 사람은 나라는 겁니까?" 총리가 화를 내며 말했다.

"내 잘못이라니?" 퍼지의 얼굴이 시뻘게졌다. "당신이라면 그런 협박에 굴복했을 거란 얘깁니까?"

"아마 아니겠지요." 총리는 자리에서 일어나 방을 성큼성큼 돌아다니며 말했다. "하지만 나라면 협박범이 그런 잔혹한 행위를 저지르기 전에 그자를 잡는 데 총력을 기울였을 겁니다!"

"내가 이미 총력을 기울이고 있었을 거라는 생각은 정말 안 하는 거요?" 퍼지가 열을 내며 물었다. "정부 소속 오러 전원이 전부터 그자를 찾아다니면서 그 추종자들을 잡아들이려고 노력했소. 물론 지금도 그렇고! 하지만 우리는 지금 시대를 통틀어 가장 강력한 마법사, 30년 가까이 포위망을 빠져나갔던 마법사에 대해 이야기하고 있는 거란 말이오!"

"그래서, 웨스트 컨트리에서 일어난 허리케인도 그자의 소행이라고 말할 작정입니까?" 총리가 말했다. 그는 한 걸음 내디딜 때마다 성질이 솟구쳤다. 이 모든 끔찍한 재앙의 원인을 알게 됐는데도 시민들에게 말할 수 없다니 정말로 화가 났다. 결국 모든 게 정부의 잘못으로 밝혀진 것보다도 훨씬 안 좋은 일이었다.

"허리케인 같은 건 없었소." 퍼지가 비참한 듯 말했다.

"이보세요!" 총리가 호통쳤다. 이제 그는 발을 마구 구르며 왔다 갔다 하고 있었다. "나무가 뽑히고, 지붕이 뜯겨 나가고, 가로등이 휘어지고, 심각한 부상자가……."

"죽음을 먹는 자들이 한 짓이오." 퍼지가 말했다. "이름을 말해서는 안 되는 그 사람의 추종자들 말입니다. 그리고…… 그리고 우리는 거인들이 연루되어 있을 거라 의심하고 있소."

총리는 보이지 않는 벽에 부딪친 것처럼 걸음을 멈췄다.

"뭐가 연루됐다고요?"

퍼지는 얼굴을 찌푸렸다. "그자는 지난번에도 엄청난 여파를 일으키고 싶을 때면 거인들을 이용하곤 했소. 지금 거짓 정보과가 하루 24시간 작업 중이오. 우린 망각 마법사들을 여러 팀 보내 실제 사건을 목격한 모든 머글의 기억을 수정하도록 했소. 그리고 마법 생명체 통제 관리부 인원 대부분을 파견해 서머싯(잉글랜드 남서부에 있는 도시 ─옮긴이)을 뒤지게 했지만 거인을 찾지는 못했지. 재앙이었소이다."

"설마요!" 총리가 길길이 뛰며 말했다.

"우리 정부의 사기가 상당히 떨어졌다는 건 부인하지 않겠소." 퍼지가 말했다. "그런 일들이 일어난 데다 어밀리아 본즈까지 잃었으니."

"누굴 잃었다고요?"

"어밀리아 본즈요. 마법 사법부 장관 말입니다. 우리는 이름을 말해서는 안 되는 그 사람이 직접 어밀리아 본즈를 죽였을 수도 있다고 생각하고 있소이다. 어밀리아는 무척 실력 있는 마법사였고…… 그리고 모든 증거가 그녀가 제대로 맞서 싸웠다는 걸 보여 주고 있으니까요."

퍼지는 목을 가다듬더니 중산모 돌리기를 겨우 멈췄다.

"하지만 그 살인 사건은 신문에 났는데요." 일시적으로 정신이 팔려 화가 식은 총리가 말했다. "우리 신문 말입니다. 어밀리아 본즈…… 신문에는 혼자 사는 중년 여성이라고만 적혀 있었어요. 그건…… 끔찍한 살인 사건이었습니다. 아닌가요? 언론의 관심을 많이 끌었는데요. 경찰 수사는 오리무중이고요."

퍼지는 한숨을 쉬었다. "뭐, 당연히 그럴 거요. 안에서 잠긴 방에서 살해당하지 않았습니까? 우리는 누가 그런 짓을 했는지 정확히 알고 있어요. 그렇다고 그자를 잡는 데 조금이라도 도움이 되는 건 아니지만. 그리고 에멀린 밴스도 있소. 아마 그 사건에 대해서는 듣지 못했을……."

"아뇨, 들었습니다!" 총리가 말했다. "실은 바로 요 앞에서 일어난 사건입니다. 그 일이 터지자 신문사들이 아주 신이 났죠. '법과 질서, 총리의 뒷마당에서 붕괴되다'……."

"그것으로도 모자라……." 퍼지는 총리의 말을 거의 듣지 않고 입을 열었다. "온 동네에 디멘터들이 넘치고 있소. 놈들이 앞뒤 가릴 것 없이 사람들을 공격하면서……."

옛날 옛적, 좀 더 행복했던 시절이었다면 총리는 이 말을 알아들을 수 없었을 것이다. 하지만 지금 그는 훨씬 현명해져 있었다.

"디멘터들은 아즈카반의 죄수들을 지키는 줄 알았는데요?" 그가 조심스럽게 말했다.

"옛날엔 그랬죠." 퍼지가 지친 듯 대꾸했다. "하지만 이젠 아니오. 그놈들이 감옥을 버리고 이름을 말해서는 안 되는 그 사람에게 가담했으니까. 그게 타격이 아닌 척하진 않겠소."

"하지만……." 슬슬 두려움을 느끼며 총리가 말했다. "그 것들은 사람들에게서 희망과 행복을 빨아내는 생명체라고 하지 않았습니까?"

"맞소. 게다가 놈들은 증식하고 있소. 그래서 이런 안개가 생겨나는 거요."

총리는 다리에서 힘이 풀리는 것을 느끼며 가까운 의자에 주저앉았다. 보이지 않는 생명체들이 도시와 시골 마을을 휩쓸며 유권자들에게 절망과 좌절을 뿌리고 다닌다고 생각하니 금방이라도 까무러칠 것 같았다.

"이보세요, 퍼지. 뭔가 해야지요! 그게 바로 총리인 당신이 할 일 아닙니까!"

"친애하는 총리님, 정말로 이 모든 사태가 벌어진 지금까지도 내가 여전히 마법 정부 총리일 거라고 생각하는 건 아니겠지요? 나는 사흘 전에 해임됐습니다! 마법사 사회 전체가 보름 내내 나더러 사임하라고 소리를 질러 댔소. 내 임기 동안 그렇게 단합된 모습은 처음 봤소이다!" 퍼지가 용기 있게도 애써 미소 지으며 말했다.

총리는 잠시 말을 잃었다. 이런 상황에 처하게 된 것에 화가 나기는 했지만, 맞은편에서 잔뜩 움츠러든 채 앉아 있는 남자에게 동정심이 느껴졌다.

"매우 유감입니다." 그가 결국 입을 열었다. "내가 도울 수 있는 일이 있습니까?"

"친절하시군요, 총리님. 하지만 당신이 해 줄 수 있는 건 아무것도 없습니다. 오늘 밤 내가 파견된 건, 요즘 벌어진 사건들에 관한 최신 소식을 전하고 당신에게 내 후임자를 소개시켜 주기 위해서요. 지금쯤이면 그 후임자가 도착할 거라고 생각했는데 말이죠. 물론 이렇게 많은 일이 벌어지고 있으니 지금 이 순간에도 매우 바쁘겠지만."

퍼지는 길고 곱슬곱슬한 은색 가발을 쓴 작고 못생긴 남자의 초상화를 돌아보았다. 그 남자는 깃펜 끝으로 귀를 후비고 있었다.

퍼지와 눈이 마주치자 초상화가 말했다. "덤블도어에게 보내는 편지를 마무리한 참이니 금방 도착할 예정입니다."

"행운이라도 빌어 줘야겠군." 퍼지가 처음으로 씁쓰레한 말투로 말했다. "나는 지난 보름 동안 하루에 두 번씩 덤블도어에게 편지를 썼는데 그자는 꿈쩍도 하지 않아요. 덤블도어가 그 아이를 설득할 마음만 있었어도 나는 아직…… 뭐, 어쩌면 스크림저는 나보다 잘해 낼지 모르죠."

퍼지는 속상한 듯 침묵에 잠겼다. 하지만 그 침묵은 초상화의 사무적이고 공식적인 목소리가 들리는 바람에 순식간에 깨져 버렸다.

"머글 총리에게 회담을 요청합니다. 긴급한 사안입니다. 즉시 회신 바랍니다. 마법 정부 총리 루퍼스 스크림저."

"네, 네, 알겠습니다." 총리는 선성으로 말했다. 그는 벽
난로 불길이 다시 한 번 에메랄드색으로 치솟으며 그 한가
운데서 빙빙 도는 또 다른 마법사가 모습을 드러냈을 때도
움찔거리지 않았다. 잠시 뒤 불길이 그 마법사를 고풍스러
운 난로 깔개 위로 뱉어 냈다. 퍼지가 자리에서 일어났다.
총리도 잠깐 머뭇거리더니 똑같이 했다. 그는 새로 도착한
사람이 몸을 펴고 긴 검은색 로브에 묻은 먼지를 털어 낸
다음 돌아보는 모습을 지켜보았다.

엉뚱하게도 총리가 머릿속에서 가장 먼저 떠올린 생각
은 루퍼스 스크림저가 늙은 사자처럼 생겼다는 것이었다.
갈기 같은 황갈색 머리카락과 숱 많은 눈썹에는 회색 가닥
들이 군데군데 섞여 있었다. 철테 안경 너머로 예리한 노
란색 눈동자가 보였고, 다리를 약간 절었음에도 긴 팔다리
로 성큼성큼 걷는 동작에서는 기품이 느껴졌다. 한눈에 빈
틈없고 강인한 사람이라는 인상이 전해졌다. 총리는 마법
사 사회가 이처럼 위험한 시기에 지도자로 퍼지 대신 스크
림저를 선택한 이유를 알 것 같았다.

"안녕하십니까?" 총리가 손을 내밀며 정중하게 말했다.

스크림저는 집무실을 눈으로 훑으며 그 손을 잠깐 잡았
다 놓고 로브 안에서 마법 지팡이를 꺼냈다.

"퍼지가 다 말씀드렸겠지요?" 그가 문으로 성큼성큼 다가가더니 마법 지팡이로 열쇠 구멍을 살짝 두드리며 물었다. 자물쇠 잠기는 소리가 들렸다.

"아…… 네." 총리가 대답했다. "괜찮으시다면, 그 문을 잠그지 않는 게 좋을 것 같은데요."

"나는 방해받지 않는 게 좋습니다." 스크림저가 짧게 말했다. "감시당하거나." 그는 그렇게 덧붙이며 마법 지팡이로 창문을 가리켰다. 커튼이 홱 닫히며 창문을 가렸다. "좋소. 그럼, 나는 바쁜 사람이니 본론부터 얘기합시다. 일단, 당신의 안전 문제를 논의해야 하오."

총리는 최대한 몸을 꼿꼿이 펴고 말했다. "고맙습니다만, 나는 이미 취해진 보안 조치만으로도 매우 만족……."

"우리가 만족 못 합니다." 스크림저가 말을 잘랐다. "총리가 임페리우스 저주에 걸리면 머글들의 미래는 어두울 거요. 당신 집무실 밖에 있는 새 보좌관은……."

"킹슬리 샤클볼트를 내쫓지는 않을 겁니다. 혹시 그래야겠다는 말씀이라면요!" 총리가 발끈하며 언성을 높였다. "샤클볼트는 굉장히 능력 있는 사람입니다. 나머지 보좌관들을 다 합친 것보다 두 배는 더……."

"그건 샤클볼트가 마법사이기 때문이오." 스크림저가 한

섬의 미소도 없이 말했다. "고도로 훈련받은 오러지. 당신을 보호하기 위해 배치한 사람이오."

"아니, 잠깐만요!" 총리가 소리쳤다. "당신 쪽 사람들을 내 집무실에 그냥 둘 수는 없습니다. 날 위해 일할 사람은 내가 결정……."

"샤클볼트가 마음에 든 줄 알았는데요?" 스크림저가 차갑게 말했다.

"마음에 듭니다. 그러니까, 마음에 들었었죠……."

"그럼 아무 문제 없겠군요?" 스크림저가 말했다.

"나는…… 그러니까, 샤클볼트의 업무 능력이 계속…… 훌륭하다면……." 총리가 더듬더듬 대꾸했지만 스크림저는 그의 말에 귀 기울이지 않는 것 같았다.

"자, 허버트 촐리 얘기를 해 봅시다. 당신네 부총리 말이오." 스크림저가 말을 이었다. "오리 흉내를 내면서 대중을 즐겁게 해 줬던 그 사람."

"촐리가 왜요?" 총리가 물었다.

"그 사람은 솜씨가 형편없는 마법사가 건 임페리우스 저주에 걸려 그런 행동을 한 게 틀림없소." 스크림저가 말했다. "그게 그 사람의 뇌를 혼란스럽게 만든 거요. 그렇더라도 여전히 위험할 수 있지만."

"그냥 꽥꽥거릴 뿐이잖습니까!" 총리가 자신 없는 목소리로 말했다. "조금만 쉬면 당연히…… 술만 좀 줄이면……."

"우리가 이야기하는 이 순간에도, 세인트 멍고 마법 질병 상해 병원의 치유사 한 팀이 그 사람을 진찰하고 있습니다. 지금까지 촐리는 그 치유사들 중 셋을 목 졸라 죽이려 했소." 스크림저가 말했다. "잠시 동안은 그자를 머글 사회에서 격리시키는 것이 최선이라고 봅니다."

"그러니까…… 그게…… 괜찮아지긴 하겠지요?" 총리가 불안한 듯 물었다. 스크림저는 그저 어깨만 으쓱했다. 그는 이미 벽난로 쪽으로 발걸음을 돌리고 있었다.

"내가 할 말은 그게 전부요. 추후 상황은 계속 알려 주겠소, 총리. 아니, 직접 오기에는 너무 바쁠 것 같군요. 그럴 경우 여기 있는 퍼지를 보내겠소. 퍼지가 계속 남아 자문 역할을 해 주기로 했으니."

퍼지는 미소를 지으려 했지만 치통을 앓는 사람 같은 표정을 짓고 말았다. 스크림저는 불을 초록색으로 만드는 신비한 가루를 찾아 주머니를 뒤적이고 있었다. 총리는 잠깐 동안 절망적인 눈으로 그 둘을 바라보았다. 그리고 그날 저녁 내내 억눌러 왔던 말들을 마침내 쏟아 냈다.

"하지만 세상에, 당신들은 *마법사*잖소! 마법을 쓸 줄 알잖아요! 당연히 무슨 일이든 해결할 수 있을 것 아닙니까!"

스크림저는 제자리에서 천천히 돌아서더니 퍼지와 어이없다는 눈길을 주고받았다. 이번에는 확실히 미소 짓는 데 성공한 퍼지가 상냥하게 말했다. "문제는, 상대편도 마법을 쓸 줄 안다는 거요, 총리님."

그 말과 함께, 두 마법사는 차례차례 밝은 초록색 불꽃 속으로 들어가 사라졌다.

2장
스피너스가

그로부터 수 킬로미터 떨어진 곳에서, 머글 총리실 창문에 밀려들던 그 차가운 안개가 풀이 무성하고 쓰레기가 널브러진 강둑 사이로 구불구불 흐르는 더러운 강물 위를 떠돌았다. 그곳에는 버려진 방앗간의 커다란 굴뚝이 음산한 그림자처럼 우뚝 솟아 있었다. 검은 강물의 속삭임 말고는 아무 소리도 들리지 않았고, 기대에 차서 강둑을 따라 살금살금 내려간 야윈 여우 한 마리가 긴 풀숲 사이에 놓인 피시앤칩스 포장지를 코로 들쑤셨을 뿐 어떠한 생명의 징후도 느껴지지 않았다.

하지만 그때, 들릴 듯 말 듯한 '펑' 소리와 함께, 망토에 달린 후드를 뒤집어쓴 호리호리한 사람의 형체가 난데없이 강가에 나타났다. 여우는 얼이붙은 채 경계하는 눈길로 그 낯설고 이상한 광경을 지켜보았다. 그 형체는 잠깐 자신의 위치를 확인하는 듯하더니 가볍고 빠른 걸음으로 성큼성큼 걷기 시작했다. 긴 망토가 풀 위에서 부스럭거렸다.

다시 한 번 좀 더 크게 '펑' 하는 소리가 나면서 후드를 뒤집어쓴 사람이 또 한 명 나타났다.

"잠깐만!"

덤불 아래 바짝 웅크리고 있던 여우가 날카로운 고함 소리에 깜짝 놀라 숨어 있던 곳에서 펄쩍 뛰어 강둑으로 올라갔다. 초록색 불빛이 번뜩이고 깨갱 하는 소리가 나더니 여우는 죽어서 땅바닥에 떨어졌다.

두 번째로 나타난 사람이 발끝으로 그 동물을 뒤집었다.

"진짜 여우였네." 후드 아래에서 거만한 여자 목소리가 새어 나왔다. "오리인 줄 알았는데. 씨시, 기다려!"

하지만 그녀가 쫓고 있는 사람은 빛이 번뜩일 때 잠시 멈춰서 뒤돌아보았을 뿐, 방금 여우가 떨어진 강둑 위로 허겁지겁 올라가고 있었다.

"씨시…… 나르시사, 내 말 좀 들어 봐."

두 번째로 나타난 여자가 첫 번째로 나타난 사람을 쫓아가 그녀의 팔을 붙잡았다. 하지만 그녀는 팔을 비틀어서 빼냈다.

"돌아가, 벨라!"

"내 말 들어 보라니까!"

"들을 만큼 들었고, 결정도 내렸어. 날 그만 내버려 둬!"

나르시사라 불린 여자가 강둑 위에 올라섰다. 낡은 철책이 강과 좁은 자갈길을 가르고 있었다. 다른 여자, 벨라가 지체 없이 그 뒤를 쫓았다. 그들은 나란히 서서 다 허물어 가는 벽돌집들이 늘어서 있는 길 건너편을 바라보았다. 어둠 속에서 보이는 집들의 흐릿한 창문은 눈먼 사람의 눈처럼 보였다.

"여기에 산다고?" 벨라가 경멸이 담긴 목소리로 물었다. "여기에? 이 머글 똥밭에? 우리 중에서 여기에 발을 들인 건 분명 너랑 내가 처음일……."

하지만 나르시사는 듣지 않았다. 그녀는 녹슨 철책 틈으로 미끄러져 들어가 빠르게 길을 건너고 있었다.

"씨시, 기다려!"

벨라는 망토를 흩날리며 그녀를 뒤쫓았다. 나르시사가 집들 사이로 난 골목을 쏜살같이 지나 거의 똑같이 생긴 또 다른 거리로 들어가는 모습이 보였다. 가로등 몇 개가 고장 나 있었다. 두 사람은 빛과 깊은 어둠 사이사이를 달렸다. 쫓는 자는 쫓기는 자가 다른 모퉁이를 도는 순간 그녀를 따라잡았다. 이번에는 그녀의 팔을 잡아 돌려 세우고 마주 볼 수 있었다.

"씨시, 이러면 안 돼. 그자는 믿을 수 없……."

"어둠의 왕께서 그자를 믿으시잖아?"

"어둠의 왕께서는…… 내 생각엔…… 착각하시는 거야." 벨라는 숨을 헐떡였다. 이곳에 정말 둘뿐인지 주위를 살펴보는 그녀의 눈이 후드 아래에서 번뜩였다. "우리는 절대 그 계획을 누구한테도 말하지 말라는 명령을 받았어. 이건 어둠의 왕에 대한 배신……."

"그만 좀 해, 벨라!" 나르시사가 버럭 화를 내더니 망토 속에서 마법 지팡이를 꺼내 상대방의 얼굴에 위협적으로 겨눴다. 벨라는 그저 웃기만 했다.

"씨시, 친언니한테 이러기야? 너는 절대……."

"이제 내가 못 할 짓 따위는 없어!" 숨죽여 내뱉는 나르시사의 목소리에는 신경질적인 음색이 깃들어 있었다. 그녀가 칼을 휘두르듯 마법 지팡이를 획 내리자 또 한 번 빛이 번뜩였다. 벨라는 불에 덴 것처럼 동생의 팔을 놓았다.

"나르시사!"

하지만 나르시사는 이미 앞으로 달려가 버렸다. 벨라는

손을 문지르며, 약간의 거리를 두고 다시 그녀의 뒤를 좇았다. 그렇게 그들은 벽돌집들로 이루어진 인적 없는 미로 안으로 점점 더 깊이 들어갔다. 마침내 나르시사는 '스피너스가'라는 막다른 거리를 따라 서둘러 나아갔다. 거리 위로 방앗간 굴뚝이 마치 거대한 손가락이 경고하는 것처럼 우뚝 솟아 있었다. 깨져서 판자를 덧댄 창문들을 지나치자 자갈을 밟는 그녀의 발소리가 울렸다. 마침내 그녀는 길 맨 끝에 있는 집에 도착했다. 아래층 방 커튼 사이로 어슴푸레한 빛이 비치고 있었다.

벨라가 숨을 죽인 채 욕설을 내뱉으며 그녀를 따라잡기도 전에 나르시사는 이미 문을 두드린 뒤였다. 그들은 가쁜 숨을 몰아쉬며 기다렸다. 밤바람에 더러운 강 냄새가 실려 왔다. 잠시 후 안에서 움직이는 소리가 들리더니 문이 살짝 열렸다. 좁은 틈새로 그들을 내다보는 남자가 보였다. 누르께한 얼굴 위에 검은색 눈 주위로 길고 검은 머리카락이 커튼처럼 늘어져 있었다.

나르시사가 후드를 벗었다. 얼굴이 얼마나 창백한지 어둠 속에서 빛이 나는 것처럼 보였다. 게다가 긴 금발이 등을 따라 흘려내려 마치 익사한 사람처럼 보이기까지 했다.

"나르시사!" 남자가 문을 조금 더 열며 말했다. 흘러나온 빛이 나르시사와 그녀의 언니를 비췄다. "뜻밖이군요. 어서 오세요."

"세베루스." 그녀가 긴장한 목소리로 속삭였다. "얘기 좀 할 수 있을까요? 급한 일이에요."

"물론입니다."

남자, 세베루스는 그녀가 집 안으로 들어올 수 있도록 물러섰다. 그때까지도 후드를 쓰고 있던 그녀의 언니는 허락도 받지 않고 뒤따라 들어왔다.

"스네이프." 그녀가 그를 지나면서 짧게 말했다.

"벨라트릭스." 그가 응답했다. 두 사람이 들어간 뒤 문을 탁 닫는 그의 가느다란 입술이 살짝 비웃는 듯한 미소를 그리며 말려 올라갔다.

그들은 곧장 좁은 응접실로 들어갔다. 쿠션을 깔아 놓은 어두운 감방 같은 느낌을 주는 방이었다. 벽은 책으로 완전히 뒤덮여 있었는데 대부분의 책이 낡은 검은색 혹은 갈색 가죽으로 장정되어 있었다. 천장에는 촛불로 가득한 등잔이 매달려 있고 그 희미한 빛 아래 다 해진 소파와 낡은 안락의자, 곧 부서질 것 같은 탁자가 모여 있었다. 평소에는 사람이 살지 않는 버려진 집 안에 들어온 것 같은 분위기가 흘렀다.

스네이프가 나르시사에게 소파를 가리켰다. 그녀는 망토를 한쪽에 벗어 두고 소파에 앉아, 무릎 위에 모아 쥔, 하얗게 질려서 떨리는 자신의 손을 내려다보았다. 벨라트릭스가 천천히 후드를 벗었다. 동생의 금발만큼 선명한 검은 머리카락이 드러났다. 두 눈은 눈꺼풀이 무겁게 처져 있었지만 턱은 단단해 보였다. 그녀는 나르시사 뒤로 다가가면서도 눈은 스네이프에게서 떼지 않았다.

"그럼, 뭘 도와드릴까요?" 스네이프가 두 자매의 맞은편 안락의자에 앉으며 물었다.

"우리…… 우리밖에 없는 거 맞죠?" 나르시사가 조용히 물었다.

"네, 물론입니다. 웜테일이 있긴 하지만 해충은 사람으로 치지 않아도 되겠죠?"

그는 책으로 가득한 등 뒤의 벽을 마법 지팡이로 가리켰다. 쾅 소리와 함께 숨겨진 문이 벌컥 열리더니 좁은 계단이 드러났다. 계단에는 조그만 남자가 한껏 굳은 채 서 있었다.

"너도 분명히 알았겠지만, 웜테일, 손님이 오셨다." 스네이프가 느릿느릿 말했다.

남자는 허리가 굽은 것처럼 몸을 수그린 채 마지막 몇

계단을 슬금슬금 내려와 방으로 들어섰다. 작고 물기 어린 눈에 뾰족한 코를 가진 그는 기분 나쁠 정도로 바보 같은 웃음을 짓고 있었다. 그가 밝은 은색 장갑을 낀 것처럼 보이는 오른손을 왼손으로 연신 쓰다듬었다.

"나르시사!" 그가 꽥꽥대는 목소리로 말했다. "벨라트릭스까지! 정말 반가……."

"필요하다면 웜테일이 마실 것을 좀 가져올 겁니다." 스네이프가 말했다. "그런 다음에는 자기 방으로 돌아갈 테고요."

웜테일은 스네이프가 그에게 뭔가를 던지기라도 한 것처럼 움찔거렸다.

"난 네 하인이 아니야!" 그가 스네이프의 눈을 피하며 꽥 소리쳤다.

"그래? 나는 어둠의 왕께서 날 도우라고 널 여기에 두신 거라 생각했는데."

"돕는 건 맞지만…… 너한테 마실 것을 갖다 바치거나 청소를 해 주라는 건 아니었어!"

"웜테일, 네가 더 위험한 임무를 맡고 싶어 하는 줄은 전혀 몰랐군." 스네이프가 부드럽게 말했다. "네가 원한다면 간단하게 해결할 수 있지. 내가 어둠의 왕께 말씀……."

"나도 마음만 먹으면 직접 말씀드릴 수 있어!"

"물론 그렇겠지." 스네이프가 비웃으며 말했다. "하지만 그전에, 마실 걸 가져와라. 집요정이 만든 와인 정도면 괜찮겠군."

웜테일은 뭔가 따질 듯한 얼굴로 잠깐 머뭇거리다가 곧 돌아서서 또 다른 숨겨진 문으로 향했다. 쿵쿵대는 소리와 유리잔이 쨍그랑거리는 소리가 들렸다. 잠시 뒤 그는 쟁반에 먼지투성이 술병 하나와 유리잔 세 개를 담아 갖고 돌아와 곧 무너질 듯한 탁자 위에 탁 내려놓았다. 그러고는 허둥지둥 걸어가 책이 잔뜩 꽂힌 문을 쾅 닫고 사라졌다.

스네이프는 유리잔 세 개에 피처럼 붉은 와인을 따르고 자매에게 한 잔씩 건넸다. 나르시사는 고맙다는 말을 웅얼거렸지만 벨라트릭스는 아무 말도 하지 않고 스네이프를 계속 노려보기만 했다. 하지만 스네이프는 아무렇지도 않은 듯 오히려 즐거운 표정을 지었다.

"어둠의 왕을 위하여." 그가 잔을 들어 말하고는 그것을 비웠다.

자매들도 그를 따라 와인을 마셨다. 스네이프는 그들의 잔을 다시 채워 주었다.

나르시사가 두 번째 잔을 비우더니 서둘러 말했다. "세베루스, 갑자기 찾아와서 미안해요. 하지만 당신을 만나야 했어요. 당신만이 날 도와줄 수 있는 사람이라고 생각했……."

스네이프는 손을 들어 그녀의 말을 막고 숨겨진 계단 문을 향해 마법 지팡이를 뻗었다. 쾅 하는 큰 소리에 이어 꽥꽥대는 소리가 들리더니 웜테일이 허겁지겁 계단을 되짚어 오르는 소리가 이어졌다.

"사과드립니다." 스네이프가 말했다. "최근에 문밖에서 엿듣는 버릇이 생겨서 말이죠. 대체 어쩌자고 저러는지…… 무슨 말을 하려고 했습니까, 나르시사?"

그녀는 긴 한숨을 내쉬고 다시 말을 시작했다.

"세베루스, 나도 여기 와선 안 된다는 건 알고 있어요. 누구에게도, 아무 말 하지 말라는 얘기를 들었지만……."

"그럼 입 다물어!" 벨라트릭스가 소리쳤다. "특히 여기 이런 작자한테는!"

"'여기 이런 작자'라?" 스네이프가 비웃듯 되풀이했다. "그 말을 내가 어떻게 이해해야 하는 걸까요, 벨라트릭스?"

"스네이프, 너도 잘 알겠지만 내가 널 믿지 않는다는 뜻이야!"

나르시사는 눈물 없이 흐느끼는 듯한 소리를 내더니 두 손으로 얼굴을 감쌌다. 스네이프는 탁자 위에 유리잔을 내려놓고 다시 뒤로 기대앉아 양손을 의자 팔걸이에 얹은 채, 자신을 노려보는 벨라트릭스를 향해 미소 지었다.

"나르시사, 벨라트릭스가 내뱉고 싶은 말들이 많아서 참을 수가 없는 모양인데, 들어주는 게 좋겠습니다. 짜증 나게 계속 끼어드는 걸 막으려면 말이죠. 그래, 계속해 보시오, 벨라트릭스." 스네이프가 말했다. "당신이 날 믿지 않는 이유가 뭡니까?"

"그야 100가지도 댈 수 있지!" 그녀가 소파 뒤에서 성큼성큼 걸어 나와 유리잔을 탁자 위에 쾅 내려놓으며 큰 소리로 말했다. "어디서부터 시작할까! 어둠의 왕께서 몰락하셨을 때 넌 어디에 있었지? 그분이 사라지셨을 때 왜 한 번도 그분을 찾으려 하지 않았지? 그 오랜 세월 덤블도어의 손바닥 안에서 뭘 한 거야? 왜 어둠의 왕께서 마법사의 돌을 손에 넣으시려는 걸 막은 거지? 어둠의 왕께서 부활하셨을 때 왜 재깍 돌아오지 않았지? 몇 주 전 우리가 어둠의 왕을 위해 예언을 되찾으려고 싸움을 벌일 때는 어디에 있었고? 그리고 스네이프, 해리 포터가 왜 아직도 살아 있는 거지? 그 녀석을 마음껏 주무를 수 있는 시간이 5년이나 있었는데!"

그녀는 잠시 말을 멈췄다. 가슴이 가쁘게 들썩였고, 뺨이 붉게 달아올랐다. 나르시사는 여전히 두 손으로 얼굴을 감싼 채 그녀의 뒤에 꼼짝도 하지 않고 앉아 있었다.

스네이프가 미소를 머금었다.

"대답하기 전에…… 아, 그래요, 벨라트릭스. 대답해 드리지요! 당신은 돌아가서 내 등 뒤에서 수군거리는 자들에게 내 말을 전해 줄 수 있을 테고, 어둠의 왕께 내가 배신했다는 헛소문도 전할 수 있을 테니까! 하지만 대답하기 전에, 뭐랄까, 나도 묻고 싶은 게 하나 있는데. 당신은 진심으로 어둠의 왕께서 그 질문들 하나하나를 내게 던지지 않으셨다고 생각합니까? 내가 만족할 만한 대답을 돌려 드리지 못했다면 과연 지금 여기에 앉아 당신과 이야기할 수 있었을까요?"

그녀는 머뭇거렸다.

"그분이 널 믿는다는 건 나도 알지만……."

"그분이 잘못 아신 것 같다? 아니면 내가 어떤 식으로든 그분을 속여 넘겼다고 생각하는 건가요? 어둠의 왕을, 가장 위대한 마법사이자 지금껏 이 세상에 존재한 마법사 중에서 가장 뛰어난 실력을 가진 레질리먼스를?"

벨라트릭스는 아무 말 하지 않았지만 처음으로 조금 당황한 표정이었다. 스네이프는 그 이상 밀어붙이지 않았다. 그는 와인이 든 잔을 다시 들고 한 모금 마시더니 말을 이었다. "어둠의 왕께서 몰락하셨을 때 내가 어디에 있었느냐고 물었소? 나는 그분께서 있으라고 명령하신 곳, 호그와트 마법학교에 있었습니다. 그분께서는 내가 알버스 덤블도어를 감시하길 바라셨지. 내가 그 과목 교수를 맡은 건 어둠의 왕의 명령에 따른 것이란 사실을 당신도 알고 있을 거라 생각하는데?"

그녀는 눈에 띄지 않게 고개를 끄덕이며 입을 열었지만 스네이프가 틈을 주지 않았다.

"그분께서 사라지셨을 때 왜 내가 그분을 찾으려고 노력하지 않았느냐 물었지. 에이버리, 야슬리, 캐로 남매, 그레이백, 루시우스와 같은 이유……." 그는 나르시사 쪽으로 머리를 살짝 기울였다. "그리고 수많은 자들이 그분을 찾으려 들지 않았던 것과 같은 이유 때문이었소. 나는 그분께서 끝장났다고 믿었소. 내게도 자랑스러운 일은 아니오. 내 생각이 틀렸으니까. 하지만 그게 사실이오. 당시에 믿음을 잃었던 우리를 용서하지 않으셨다면 그분께는 추종자가 거의 남아 있지 않았을 거요."

"내가 있었겠지!" 벨라트릭스가 열정적인 어조로 말했다. "내가! 그분을 위해 아즈카반에서 그 오랜 세월을 보낸내가!"

"그래, 그랬지. 참으로 존경스럽군요." 스네이프가 심드렁하게 말했다. "물론, 감옥 안에 있었으니 별 쓸모가 없긴했지만 보여 주기식 행동이었다면야 확실히 괜찮은……."

"보여 주기라고?" 그녀가 소리쳤다. 길길이 뛰는 모습이약간 제정신이 아닌 것처럼 보였다. "내가 디멘터들을 견뎌 내는 동안 호그와트에서 덤블도어의 애완견 노릇이나한 주제에!"

"그 정도까지는 아니었소." 스네이프가 담담하게 말했다. "그자는 내게 어둠의 마법 방어법 교수 자리를 주려고하지 않았소. 그렇게 하면, 내가 다시 안 좋은 길로 돌아갈거라고 생각한 거겠지……. 내가 다시 옛 시절의 길로 빠져들지 모른다고 말이오."

"그딴 게 어둠의 왕을 위한 네 희생이라는 거야? 고작 가장 좋아하는 과목을 가르치지 못한 게?" 그녀가 비웃었다. "왜 그 오랜 세월 동안 계속 거기 있었던 거지, 스네이프? 주인님이 끝장났다고 믿었으면서 계속 덤블도어를 염탐한건가?"

"그럴 리가." 스네이프가 말했다. "그래도 어둠의 왕께서는 내가 그 자리를 버리지 않은 걸 기쁘게 여기시지. 나는 그분께서 돌아오시면 드릴 수 있도록 덤블도어에 관한 정보를 16년 동안이나 모아 왔으니까. 아즈카반이 얼마나 불쾌한 곳인지 끝없이 떠올리는 것보다 훨씬 유용하고 귀중한 환영 선물이었을 거요."

"하지만 네가 거기 있었던 건……."

"그래요, 벨라트릭스. 나는 호그와트에 남았소." 스네이프가 처음으로 못 참겠다는 기색을 슬며시 비치며 말했다. "내겐 아즈카반에서 썩는 것보다 마음에 드는 편안한 직업이 있었으니까. 그때 놈들은 죽음을 먹는 자들을 잡아들이고 있었지. 나는 덤블도어의 보호 덕분에 감옥신세를 면할 수 있었소. 대단히 편리한 방법이었고 난 그걸 이용한 거요. 다시 말하지만, 어둠의 왕께서는 내가 호그와트에 계속 머무른 것에 대해 불만이 없으십니다. 그런데 당신이 왜 그렇게 불평하는지 모르겠군. 그다음으로 당신이 알고 싶어 하는 건……." 벨라트릭스가 어떻게든 끼어들고 싶어 하는 기색을 보이자 그는 좀 더 큰 소리로 밀어붙였다. "내가 어둠의 왕께서 마법사의 돌을 차지하지 못하도록 방해한 이유였지. 그야 쉽게 답할 수 있소. 그분께서는 나를 믿어도 되는지 잘 모르고 계셨소. 그분도 지금 당신이 그러는 것처럼 내가 충직한 죽음을 먹는 자에서 덤블도어의 꼭두각시로 변절했을 거라 생각하셨소. 딱하게도 아주 쇠약해지셔서 그저 그런 마법사와 몸을 나누어 쓰고 계신 상태였지. 그분께서는 감히 과거의 동지에게 모습을 드러낼 수 없었소. 그 동지가 그분을 덤블도어나 정부에 팔아넘길지도 몰랐으니까. 내 입장에서는 그분께서 나를 믿지 않으신 게 굉장히 유감이오. 날 믿으셨더라면 3년이나 일찍 힘을 되찾으셨을 텐데. 그때 나는 탐욕스럽고 아무 짝에도 쓸모없는 퀴럴이 마법사의 돌을 훔치려는 모습만 보았을 뿐이오. 물론 그자를 막기 위해 할 수 있는 일은 다 했고."

몹시 쓴 약을 먹기라도 한 것처럼 벨라트릭스의 입이 비틀어졌다.

"하지만 너는 그분께서 부활하셨을 때 돌아오지 않았어. 어둠의 징표가 타오르는 것을 느끼자마자 그분께 돌아왔어야……."

"그렇소. 나는 두 시간 늦게 도착했지. 덤블도어의 명령으로."

"덤블도어의 명령이라고?" 그녀가 언성을 높이며 입을 열었다.

"생각을 좀 해 보시오!" 스네이프가 참지 못하고 소리를 질렀다. "생각을 해 보라고! 두 시간, 겨우 두 시간을 기다림으로써 나는 호그와트에 스파이로 남아 있을 수 있는 기반을 마련한 거요! 덤블도어로 하여금 내가 어둠의 왕에게로 돌아간 건 단지 덤블도어 자신의 명령을 받았기 때문이라고 생각하게 만들었기에 나는 그 뒤로도 계속 덤블도어와 불사조 기사단에 관한 정보를 전달할 수 있었소! 생각해 보시오, 벨라트릭스. 어둠의 징표는 몇 달에 걸쳐 점점 강해지고 있었고, 나는 그분께서 곧 돌아오시리란 걸 알았소. 죽음을 먹는 자들이라면 모두 알았겠지! 나한테는 내가 뭘 원하는지 생각하고 다음 행동을 계획할 시간이 충분히 있었소. 원한다면 카르카로프처럼 도망칠 시간도 있었고. 그렇지 않소? 어둠의 왕께서도 처음에는 내가 늦게 온 것에 분노하셨지. 하지만 확실히 말하는데, 내가 충성을 지켰다는 것을 설명하자 완전히 마음을 푸셨소. 덤블도어야 나를 자기 쪽 사람이라고 생각하지만. 그렇소, 어둠의 왕께서는 내가 당신을 완전히 떠났다고 생각하셨지만 그분이 틀리셨던 거요."

"하지만 네가 무슨 쓸모가 있었지?" 벨라트릭스가 빈정거렸다. "우리한테 뭔가 쓸모 있는 정보를 전해 준 적 있나?"

"내 정보는 어둠의 왕께 직접 전달되었소." 스네이프가 말했다. "그분께서 당신과 그 정보를 공유하지 않기로 하셨다면……."

"그분은 나와 모든 걸 나누셔!" 벨라트릭스가 벌컥 성을 내며 말했다. "그분은 나를 가장 충성스럽고 가장 믿을 만한……."

"그래요?" 하고 말하는 스네이프의 목소리는 못 믿겠다는 듯 미묘하게 뒤틀려 있었다. "여전히 그러신가? 마법 정부에서 그런 낭패를 겪고 난 뒤에도?"

"그건 내 잘못이 아니었이!" 벨라드릭스가 일굴을 붉히며 소리쳤다. "과거에 어둠의 왕께서는 그분의 가장 소중한 물건을 내게 맡기셨어. 만약 루시우스가 일을 그르치지 않았다면……."

"감히…… 감히 내 남편을 비난하다니." 나르시사가 언니를 올려다보며 낮고 위협적인 목소리로 말했다.

"각자의 잘잘못을 따지는 건 아무런 의미가 없소." 스네이프가 번드르르하게 말했다. "이미 끝난 일이니까."

"하지만 넌 아무것도 안 했잖아!" 벨라트릭스가 격분해서 소리 질렀다. "우리가 위험을 감수하는 동안 넌 이번에도 자리를 비웠어. 안 그래, 스네이프?"

"내가 받은 명령은 뒤에 남아 있으라는 거였소." 스네이프가 말했다. "당신은 어둠의 왕의 의견에 동의하지 않는지도 모르지. 하지만 내가 죽음을 먹는 자들과 힘을 합쳐 불사조 기사단과 싸웠다면 과연 덤블도어가 눈치채지 못했을까? 그리고 이렇게 말해서 미안하지만, 당신이 감당했다는 그 위험이란 게 설마 10대 청소년 여섯 명이랑 맞서 싸운 걸 얘기하는 건가?"

"너도 잘 알겠지만, 기사단 절반이 곧바로 그놈들과 힘을 합쳤다!" 벨라트릭스가 으르렁거리듯 말했다. "그리고 네가 기사단 이야기를 꺼내서 말인데, 너는 아직도 기사단 본부가 어디에 있는지 밝힐 수 없다고 주장한다지?"

"나는 비밀 수호자가 아니라서 그 장소의 이름을 말할 수 없소. 그 주문의 작동 방식을 알고 있기는 한 거요? 어둠의 왕께서는 내가 넘겨 드린 기사단 정보에 만족하셨소. 당신도 짐작했겠지만, 그 정보 덕에 최근 에멀린 밴스를 붙잡아서 처단할 수 있었지. 시리우스 블랙을 제거하는 데도 확실히 도움이 됐고. 물론 그자를 끝장낸 건 모두 당신의 공이지만."

그가 고개를 기울이고 그녀를 향해 건배했다. 벨라트릭스의 표정은 누그러지지 않았다.

"내 마지막 질문을 피하고 있군, 스네이프. 해리 포터 말이야. 지난 5년 동안 너는 마음만 먹으면 언제든지 그놈을 죽일 수 있었는데도 그러지 않았어. 왜지?"

"이 문제를 어둠의 왕과 의논해 본 적이 있소?" 스네이프가 물었다.

"그분께서는…… 최근에 우린…… 난 너한테 물었다, 스네이프!"

"내가 해리 포터를 해치웠다면 어둠의 왕께서는 그 녀석의 피를 사용해서 부활할 수도, 무적의 몸이 될 수도 없었을……."

"그 녀석의 쓰임새를 미리 알고 있었다는 건가?" 그녀가 비아냥거리듯 말했다.

"그럴 리가. 나는 그분의 계획을 전혀 몰랐소. 어둠의 왕께서 돌아가신 줄 알았다는 건 이미 고백했지. 나는 그저 어둠의 왕께서 포터가 살아 있는 것을 왜 애석하게 여기지 않으셨는지 설명하려는 것뿐이오. 적어도 1년 전까지는 그러셨지……."

"그런데 왜 계속 살려 두는 거지?"

"내 말 이해 못 한 거요? 내가 아즈카반에 들어가지 않은 건 단지 덤블도어의 보호 덕분이었소! 덤블도어가 가장 아끼는 학생을 죽이면 그는 내게 등을 돌리겠지. 여기에 동의하지 못하는 거요? 물론 더 큰 이유가 있긴 하지. 포터가 처음 호그와트에 왔을 때 그 녀석 주변에 수많은 소문이 떠돌았다는 것을 다시 상기시켜 줘야겠군. 그 녀석이야말로 어둠의 마법사이고, 그래서 어둠의 왕의 공격을 받고도 살아남은 거라는 소문 말이오. 사실 어둠의 왕을 따르던 옛 추종자들 중 여럿은 모두 포터를 중심으로 다시 한 번 뭉쳐야 한다고 생각했소. 나는 호기심을 느꼈지. 이건 인정하오. 포터가 성에 처음 발을 들였을 때 나는 그 녀석을 죽일 생각이 없었소. 물론, 나는 그 녀석에게 특출한 재능이 없다는 걸 금방 깨달았지. 그 녀석은 순전히 운, 그리고 재능 있는 친구들 덕에 아슬아슬한 곤경을 수없이 헤쳐 나갔소. 예전에 그 녀석의 아버지가 그랬듯 기분 나쁠 정도로 자만심에 젖어 있기는 하지만 해리 포터는 지극히 평범하오. 나는 그 녀석을 호그와트에서 퇴학시키려고 최선을 다했소. 호그와트에 어울리는 녀석이라고 생각하지 않았으니까. 하지만 녀석을 죽이거나, 내 눈앞에서 죽도록 내버려 둔다? 덤블도어가 바로 옆에 있는데 그런 위험을 감수했다면 내가 바보였겠지."

"이 모든 일이 벌어지는 동안 덤블도어가 너를 한 번도 의심한 적이 없었단 말이야?" 벨라트릭스가 물었다. "네 진정한 충성심이 어디를 향하는지 그자가 전혀 모른다고? 여전히 너를 무조건 믿고 있다고?"

"내가 맡은 역할을 잘하고 있는 거지." 스네이프가 말했다. "그리고 당신은 덤블도어의 크나큰 약점을 간과하고 있소. 그자는 사람들의 가장 좋은 면을 끝까지 믿지. 나는 죽음을 먹는 자로 지내던 나날과 결별하고 그자의 교직원으로 합류하면서 아주 깊은 회한을 느꼈다는 이야기를 지어냈소. 그러자 그자는 두 팔을 활짝 벌려 나를 받아들였지. 물론, 되도록 나를 어둠의 마법 근처에도 못 가게 하기는 했지만. 덤블도어는 위대한 마법사이고…… 아 그래, 위대하다고 했소(벨라트릭스가 기다렸다는 듯이 반발했기 때문이었다). 그건 어둠의 왕께서도 인정하는 바요. 그러나 다행스럽게도 덤블도어는 늙어 가고 있소. 지난달 어둠의 왕과 벌인 결투가 그자에게 타격을 입혔지. 전보다 반응이 느려진 탓에 그때 이후 지금까지도 심각한 부상에 시달리고 있소. 하지만 그 오랜 세월 동안 그는 한 번도 세베루스 스네이프에 대한 믿음을 거둔 적이 없소. 어둠의 왕께서 보시기에는 바로 이 점에 나의 엄청난 가치가 놓여 있는 거요."

벨라트릭스는 여전히 불쾌한 표정을 짓고 있었지만 다음에는 스네이프를 어떻게 공격해야 좋을지 잘 떠오르지 않는 모양이었다. 그녀의 침묵을 틈타 스네이프가 벨라트릭스의 동생에게로 돌아섰다.

"자…… 내 도움이 필요하다고요, 나르시사?"

나르시사가 눈을 들어 그를 바라보았다. 그녀는 말없이 표정만으로 절망을 전달하고 있었다.

"네, 세베루스. 나는…… 나는 당신만이 날 도와줄 수 있을 거라고 생각했어요. 달리 기댈 곳이 없었어요. 루시우스는 감옥에 있고……."

그녀가 눈을 감자 눈꺼풀 아래로 두 줄기 눈물이 주르륵 흘러내렸다.

"어둠의 왕께서는 나에게 이 얘기를 하지 말라고 명하셨어요." 나르시사가 여전히 눈을 감은 채 말을 이었다. "그분께서는 아무도 이 계획을 알지 못하기를 바라세요. 이건…… 아주 비밀스러운 일이니까요. 하지만……."

"그분께서 금지하셨다면 이야기해선 안 됩니다." 스네이프가 곧바로 말했다. "어둠의 왕께서 하시는 말씀이 곧 법이니까요."

나르시사는 스네이프가 찬물을 끼얹기라도 한 것처럼

숨을 혁 들이켰다. 벨라트릭스는 이 집에 들어온 이래 처음으로 만족스러운 표정을 지었다.

"거봐!" 그녀가 의기양양한 기색으로 동생에게 말했다. "스네이프까지 이렇게 얘기하잖아. 말하지 말라는 지시를 받았으면 입을 다물어야지!"

스네이프는 자리에서 일어나 작은 창문을 향해 성큼성큼 걸어가더니 커튼 사이로 인적 없는 거리를 내다보고 흠칫하며 다시 커튼을 닫았다. 그는 돌아서서 얼굴을 찡그리며 나르시사를 마주 보았다.

"공교롭게도 마침 내가 그 계획을 알고 있지요." 그가 나직한 목소리로 말했다. "나는 어둠의 왕께 계획을 들은 몇 안 되는 사람 중 하나입니다. 그렇더라도 나르시사, 내가 그 비밀을 알고 있지 않았다면 당신은 지금 어둠의 왕께 어마어마한 반역의 죄를 짓는 셈입니다."

"틀림없이 알 거라고 생각했어요!" 나르시사는 홀가분하게 한숨을 내쉬고 말했다. "그분께서는 세베루스 당신을 무척 믿으시니까요……."

"네가 그 계획을 알고 있단 말이야?" 벨라트릭스가 물었다. 그녀의 얼굴에서 만족스럽던 표정이 스치듯 사라지고 분노의 빛이 떠올랐다. "네가 안다고?"

"물론이오." 스네이프가 말했다. "한데 무슨 도움이 필요한 겁니까, 나르시사? 내가 어둠의 왕을 설득해 마음을 바꾸시도록 만들 수 있을 거라고 생각한다면, 유감이지만 그럴 가능성은 없습니다. 절대로."

"세베루스." 그녀가 속삭였다. 그녀의 창백한 뺨 위로 눈물이 흘러내렸다. "내 아들이…… 하나뿐인 내 아들이……."

"드레이코한테는 얼마나 자랑스러운 일이냐." 벨라트릭스가 냉담하게 말했다. "어둠의 왕께서 그런 영광을 베풀어 주시다니. 드레이코도 그거 하나는 인정해 줘야겠던데. 임무가 주어졌을 때 몸을 사리지 않는 것 말이야. 그 앤 자기 능력을 증명해 보일 기회가 생겨서 기뻐하고 있어. 앞으로 벌어질 일들에 흥분해서……."

나르시사는 사무친 듯 울음을 터뜨렸다. 그녀는 애원하는 눈으로 스네이프를 바라보았다.

"그건 그 애가 겨우 열여섯 살이고 무엇이 자기를 기다리고 있는지 전혀 모르기 때문이에요! 왜죠, 세베루스? 왜 내 아들인가요? 너무 위험해요! 이건 분명 루시우스가 저지른 실수에 대한 보복이에요!"

스네이프는 아무 말도 하지 않았다. 그는 그녀가 눈물

흘리는 모습이 품위 없는 광경이라도 된다는 양 외면했지
만 그녀의 목소리까지 안 들리는 척할 수는 없었다.

"그래서 드레이코를 선택하신 거죠?" 그녀가 고집스럽
게 말했다. "루시우스를 벌주려고!"

"드레이코가 성공한다면……." 스네이프가 그녀에게서
눈을 돌린 채 입을 열었다. "그 아이는 어느 누구보다도 큰
영예를 누리게 될 겁니다."

"하지만 성공하지 못할 거예요!" 나르시사가 흐느꼈다.
"어떻게 성공하겠어요, 어둠의 왕 본인께서도……."

벨라트릭스가 헉하며 숨을 들이쉬었다. 나르시사도 멈
칫하는 듯했다.

"내 말은 그러니까…… 아직 아무도 성공한 적이 없잖아
요……. 세베루스…… 제발요……. 당신은 예전부터 지금
까지 쭉 드레이코가 가장 좋아하는 교수님이었어요…….
루시우스의 오랜 친구이기도 하고요……. 이렇게 간청할
게요……. 당신은 어둠의 왕께서 가장 총애하시고, 또 가
장 신뢰하는 조언자잖아요……. 그분께 말씀드리고 그분
을 설득할 수 없을까요?"

"어둠의 왕께서는 설득당하지 않을 것이고, 나 또한 그
런 시도를 할 만큼 멍청하지 않습니다." 스네이프가 딱 잘

라 말했다. "어둠의 왕께서 루시우스에게 화가 나지 않으셨다고는 못 하겠군요. 루시우스는 책임자였어요. 그런데도 수많은 사람들과 함께 체포됐습니다. 그뿐만 아니라 예언을 되찾는 데도 실패했어요. 그래요, 어둠의 왕께서는 화가 나셨습니다, 나르시사. 정말로 무척 화가 나셨죠."

"그럼 내 말이 맞군요. 그분께서는 벌을 주시는 의미에서 드레이코를 선택하신 거예요!" 나르시사가 목멘 소리로 말했다. "드레이코가 성공할 거라 생각하시는 게 아니라 그 애가 임무를 수행하는 도중에 죽기를 바라시는 거라고요!"

스네이프가 아무 말도 하지 않자 나르시사는 얼마 남지 않은 자제력마저 잃는 듯했다. 자리에서 일어난 그녀가 비틀거리며 스네이프에게 다가가 그의 로브 앞자락을 그러쥐었다. 그녀가 그의 얼굴에 자기 얼굴을 바짝 대고 그의 가슴팍에 눈물을 흘리면서 헐떡였다. "당신이 할 수 있잖아요. 당신이 드레이코 대신 할 수 있잖아요, 세베루스. 당신은 성공할 거예요. 당신이라면 당연히 성공하겠죠. 그럼 그분께서 당신에게 우리 모두가 받을 것을 뛰어넘는 보상을 해 주실……."

스네이프는 그녀의 손목을 잡고 자신을 붙든 손을 떼어냈다. 그가 눈물로 얼룩진 그녀의 얼굴을 내려다보며 천천히 말했다. "그분께서도 아마 결국에는 나에게 일을 맡기실 겁니다. 하지만 드레이코가 먼저 시도해야 한다는 결심은 단호하십니다. 알다시피, 가능성은 낮지만 혹시라도 드레이코가 성공한다면 나는 호그와트에 좀 더 오래 남아 스파이로서 유용한 역할을 수행할 수 있을 테니까요."

"그러니까 드레이코가 죽든 말든 그분께는 전혀 상관없는 일이라는 거군요!"

"어둠의 왕께서는 화가 아주 많이 나셨습니다." 스네이프가 조용히 반복했다. "예언을 듣지 못하셨으니까요. 당신도 나만큼 잘 알고 있겠지만, 나르시사, 그분께서는 쉽게 용서하시지 않습니다."

그녀는 스네이프의 발 앞에 주저앉아 바닥에서 흐느끼며 신음했다.

"내 하나밖에 없는 아들이…… 하나뿐인 내 아들이……."

"넌 자랑스러워해야 해!" 벨라트릭스가 무자비하게 말했다. "나한테 아들이 있었다면 어둠의 왕을 모시는 데 기꺼이 바쳤을 거야!"

나르시사는 절망스러운 마음에 작은 비명을 내지르며 긴 금빛 머리카락을 움켜쥐었다. 스네이프가 의자에서 일어나 나르시사의 팔을 잡고 일으켜서는 다시 소파로 데려갔다. 그는 그녀의 잔에 와인을 더 따라 억지로 그녀의 손에 쥐어 주었다.

"나르시사, 이제 그만해요. 이걸 마셔요. 내 말을 들어 봐요."

그녀는 조금 진정하더니, 떨리는 손으로 잔을 들어 와인을 한 모금 마시다가 몸에 흘렸다.

"어쩌면…… 나한테 드레이코를 도울 방법이 있을지도 모르겠군요."

그녀가 하얗게 질린 얼굴로 눈을 커다랗게 뜨고 몸을 똑바로 하고 앉았다.

"세베루스…… 아, 세베루스, 그 애를 도와주실 건가요? 그 애를 돌봐 주고, 그 애가 다치지 않도록 지켜봐 줄 건가요?"

"노력은 하지요."

그녀는 유리잔을 팽개치듯 내려놓았다. 그 잔이 탁자 건너편으로 미끄러지는 사이 그녀는 소파에서 내려와 스네이프의 발 앞에 무릎을 꿇고 앉았다. 그러고는 두 손으로 그의 손을 잡고 입을 맞추었다.

"당신이 드레이코를 보호해 주겠다면…… 세베루스, 맹세해 주겠어요? '깨뜨릴 수 없는 맹세'를 해 주실 건가요?"

"깨뜨릴 수 없는 맹세요?" 스네이프의 텅 빈 표정에서는 아무것도 읽어 낼 수 없었지만 벨라트릭스는 의기양양하게 킬킬거렸다.

"못 들었어, 나르시사? 아니, 노력은 해 본다잖아. 어련하실까…… 평소처럼 빈말을 하는 거야. 늘 그랬던 것처럼 빠져나갈 핑계를 대는 거라고……. 아, 물론 그것도 어둠의 왕의 명령이겠지!"

스네이프는 벨라트릭스 쪽을 쳐다보지 않았다. 그의 검은 두 눈은 오직 눈물이 가득 고인 나르시사의 푸른 눈에 고정되어 있었다.

"알겠습니다, 나르시사. 깨뜨릴 수 없는 맹세를 하지요." 그가 조용히 말했다. "아마 당신 언니가 우리의 '묶는 자'가 되어 줄 겁니다."

벨라트릭스의 입이 쩍 벌어졌다. 스네이프는 몸을 구부리고 나르시사의 맞은편에 무릎을 꿇었다. 벨라트릭스가 깜짝 놀란 얼굴로 지켜보는 가운데 그들은 서로의 오른손을 맞잡았다.

"마법 지팡이가 필요할 거요, 벨라트릭스." 스네이프가 차갑게 말했다.

벨라트릭스가 여전히 경악한 표정을 지은 채 마법 지팡

이를 꺼냈다.

"그리고 좀 더 가까이 다가와야겠죠." 그가 말했다.

벨라트릭스는 앞으로 걸어 나와 그들을 내려다보고 서서, 그들의 맞잡은 손에 마법 지팡이 끝을 갖다 댔다.

나르시사가 말했다.

"당신, 세베루스는 내 아들 드레이코가 어둠의 왕께서 바라시는 일을 이루고자 할 때 그 아이를 보살펴 줄 건가요?"

"그렇게 하겠습니다." 스네이프가 말했다.

마법 지팡이에서 가느다란 혓바닥 같은 눈부신 불꽃이 흘러나와 붉게 달아오른 철사처럼 그들의 손을 휘감았다.

"그리고 그 아이가 다치지 않도록 최선을 다해 지켜 줄 건가요?"

"그렇게 하겠습니다." 스네이프가 말했다.

마법 지팡이에서 또 한 번 혓바닥 같은 불꽃이 길게 뻗어 나오더니 처음의 불꽃과 뒤얽혔다. 두 줄기 불꽃이 가느다랗게 빛나는 사슬을 이루었다.

"그리고 필요할 경우…… 만약 드레이코가 실패할 것 같다면……." 나르시사가 속삭였다(한순간 스네이프의 손이 그녀의 손안에서 움찔거렸지만 그는 손을 빼지 않았다). "어둠의 왕께서 드레이코에게 명령하신 일을 대신 수행할 건가요?"

잠시 침묵이 흘렀다. 벨라트릭스는 그들의 꽉 맞잡은 손 위로 마법 지팡이를 든 채 눈을 크게 뜨고 그 광경을 지켜보았다.

"그렇게 하겠습니다." 스네이프가 말했다.

또 한 차례 마법 지팡이에서 튀어나온 불꽃에 벨라트릭스의 깜짝 놀란 얼굴이 붉게 빛났다. 그 빛은 다른 빛들과 얽히면서 두 사람의 맞잡은 손을 밧줄처럼, 불로 이루어진 뱀처럼 단단하게 휘감았다.

3장
시리우스의 유언

　해리 포터는 큰 소리로 코를 골고 있었다. 그는 지난 네 시간 동안 침실 창가의 의자에 앉아 어두워져 가는 거리를 내다보다가 얼굴 한쪽을 차가운 창턱에 대고 잠들었다. 안경은 비뚤어지고 입은 크게 벌린 채였다. 오렌지색 가로등 불빛으로 반짝이는 창문에 그의 부옇고 후끈한 숨결이 서렸다. 인공적인 불빛이 얼굴을 창백하게 만드는 탓에 그는 부스스한 검은 머리카락을 가진 유령처럼 보였다.

　방은 다양한 소지품과 쓰레기로 가득했다. 올빼미 깃털, 사과 심, 사탕 껍질이 바닥에 흩어져 있고, 여러 권의 마법책이 침대 위 엉킨 로브들 사이에 뒤죽박죽 널브러져 있었다. 책상 위로 어수선하게 떨어지는 불빛 아래 신문 한 무더기가 놓여 있었는데, 그중 한 신문에는 다음과 같은 헤드라인이 큼직하게 박혀 있었다.

해리 포터, '선택받은 자'인가?

최근 마법 정부에서 이름을 말해서는 안 되는 그 사람이 또다시 목격된 가운데, 이 수수께끼 같은 소요 사태와 관련해서 각종 소문이 난무하고 있다.

"그 일에 관해서는 언급할 수 없습니다. 아무것도 묻지 마십시오." 어젯밤, 이름을 밝히기를 거부한 한 망각 마법사가 정부 청사를 나서며 불안한 얼굴로 말했다.

그러나 정부에 배치된 고위 소식통들은 이 소요 사태가 전설적인 예언의 방에서 일어났음을 확인해 주었다.

마법 정부의 대변인들은 지금까지 그런 장소의 존재 여부를 확인해 주는 것조차 거부해 왔지만, 마법사 사회에서는 무단 침입과 절도 미수로 아즈카반에서 복역 중인 죽음을 먹는 자들이 예언을 훔치기 위해 정부에 침입했을 거라고 믿는 사람이 늘어나고 있는 실정이다. 해당 예언의 내용은 거의 알려지지 않았으나, 살해 저주에서 살아남았다고 알려진 유일한 인물이자 사건이 일어난 그날 밤 정부 청사에 있었던 것으로 알려진 해리 포터에 관한 내용일 것이라는 추측이 지배적이다. 일각에서는 심지어 예언이 이름을 말해서는 안 되는 그 사람을 몰아낼 수 있는 유일한 인물로 포터를 지목했을 거라고 믿으며 그를 '선택받은 자'라고 부르고 있다.

예언의 현재 위치는(만약 그런 게 존재한다면) 전혀 파악되지 않고 있다. 다만…… (2면 5단에서 계속)

첫 번째 신문 옆에 또 다른 신문이 놓여 있었다. 이 신문의 헤드라인은 다음과 같았다.

스크림저, 퍼지의 후임으로

사자 갈기 같은 숱 많은 머리카락에 거친 얼굴을 한 남자의 흑백사진이 1면을 가득 채우고 있었다. 움직이는 사진 속의 남자가 천장을 향해 손을 흔들어 댔다.

전직 마법 사법부 오러 본부 본부장 루퍼스 스크림저가 코닐리어스 퍼지의 뒤를 이어 마법 정부 총리가 되었다. 마법사 사회는 대체로 이번 인사를 열렬히 환영했으나, 위즌가모트 최고위원장으로 재임용된 알버스 덤블도어와 새 총리 사이의 마찰에 관한 소문이 그가 총리직을 맡은 지 몇 시간 만에 수면 위로 올라왔다.

스크림저의 대변인들은 그가 총리직에 오른 직후 덤블도어를 만난 사실은 인정했으나 두 사람이 논의한 주제에 대해서는 논평을 거부했다. 알버스 덤블도어는 잘 알려진 대로…… (3면 2단에서 계속)

이 신문 왼쪽에 놓인 또 다른 신문은 '**정부는 학생들의 안전을 보장합니다**'라는 제목의 기사가 보이도록 접혀 있었다.

새로 취임한 마법 정부 총리 루퍼스 스크림저는 오늘, 호그와트 마법학교로 귀환하는 학생들의 안전을 보장하기 위해 정부에서 취한 강력한 새 조치들에 관해 이야기했다.

"당연하지만 정부에서는 새롭고 엄중한 보안 계획에 대해 자세히 설명하지는 않을 겁니다." 총리가 말했다. 다만, 정부 내 소식통에 따르면 이러한 보안 조치에는 방어 마법과 일반 마법, 일련의 복잡한 반격 저주와, 호그와트 학교 보호에만 전념할 소수의 오러 태스크포스 팀이 포함되어 있다.

사람들은 대체로 학생들의 안전에 관한 새로운 총리의 강

경한 자세에 안심하는 분위기다. 오거스타 롱보텀 여사는 "내 손자 이름이 네빌이에요. 해리 포터의 친한 친구이기도 하죠. 마침 6월에 정부 청사에서 해리 포터와 함께 죽음을 먹는 자들에 맞서 싸우기도……."

이 기사의 나머지 부분은 그 위에 놓인 커다란 새장에 가려져 있었다. 새장 안에는 아름다운 흰올빼미가 있었다. 올빼미는 호박색 눈으로 도도하게 방을 훑어보며, 코를 고는 주인에게 가끔씩 머리를 휙휙 돌리곤 했다. 한 번인가 두 번쯤 녀석이 초조해하며 부리를 딱딱거렸지만 해리는 너무 깊이 잠든 탓에 그 소리를 듣지 못했다.

커다란 짐 가방이 방 한가운데 놓여 있었다. 가방은 뭔가를 기대하듯 활짝 열려 있었지만, 낡은 속옷, 사탕, 빈 잉크병 몇 개와 부러지고 남은 깃펜이 바닥을 겨우 채우고 있을 뿐 안은 거의 비어 있었다. 가방 옆에는 다음과 같은 문구가 선명히 새겨진 자주색 전단지가 방바닥에 놓여 있었다.

마법 정부 발행
어둠의 세력으로부터 집과 가족을 지키는 방법

최근 마법사 사회는 자칭 '죽음을 먹는 자'라는 조직의 위협을 받고 있습니다. 다음의 간단한 보안 지침을 따르면 여러분 자신과 가족, 가정을 그들의 공격에서 보호하는 데 도움이 될 것입니다.

1. 혼자서 집 밖으로 나가지 마십시오.

2. 어두울 때는 특별히 유의해야 합니다. 해가 지기 전에 귀가할 수 있는 범위에서만 움직이길 바랍니다.

3. 집 주변의 보안장치들을 재확인하십시오. 가족 모두가 방패 마법과 보호색 마법, 미성년자가 있을 경우 동반 순간이동 같은 비상조치에 대해 알고 있는지 확인해야 합니다.

4. 죽음을 먹는 자들은 폴리주스 마법약(2페이지 참조)을 이용해 다른 사람 행세를 할 수 있습니다. 이들을 가려내기 위해 가까운 친구 및 가족 사이에 신원 확인용 질문을 준비하십시오.

5. 가족이나 동료, 친구, 이웃이 이상하게 행동한다는 느낌이 들면 즉시 마법 수사대에 연락하십시오. 임페리우스 저주(4페이지 참조)에 걸린 상태일 수 있습니다.

6. 거주 공간이나 기타 건물에 어둠의 징표가 나타나

는 경우, 그곳에 **들어가지 말고** 즉시 오러 본부에 연락하십시오.

7. 확인되지 않은 목격담에 따르면 죽음을 먹는 자들은 현재 인페리우스(10페이지 참조)들을 이용하고 있을 수도 있습니다. 인페리우스를 목격하거나 마주치는 경우 **즉시** 정부에 신고해 주시길 바랍니다.

해리가 잠결에 웅얼거렸다. 얼굴이 창문에서 살짝 미끄러지면서 안경이 더욱 비뚤어졌지만 그는 깨어나지 않았다. 몇 년 전 고쳐 놓은 자명종 시계가 창턱 위에서 시끄럽게 째깍거리며 11시 1분 전을 알렸다. 그 옆, 축 늘어진 해리의 손에는 비스듬하고 가느다란 글씨가 빼곡히 적힌 양피지가 들려 있었다. 사흘 전에 받은 이 편지는 원래 단단하게 돌돌 말려 있었지만, 해리가 하도 펼쳐서 읽은 탓에 지금은 완전히 납작하게 펴져 있었다.

해리에게,

너만 괜찮다면 오는 금요일 밤 11시에 내가 프리빗가 4번지로 가서 너를 버로까지 데려다주도록 하마. 남은 방학 기간 동안 함께 지내자며 버로에서 너를 초대했단다.

또 네가 동의한다면, 내가 버로로 가는 길에 처리하려는 일에 도움을 주었으면 좋겠구나. 그 일이 무엇인지는 만나서 더 자세히 설명하마.

이 부엉이를 돌려보내면서 당장을 줬으면 한다. 이번 주 금요일에 만나기를 기대하마.

가장 깊은 진심을 담아,

알버스 덤블도어

이미 그 내용을 달달 외우고 있었지만 해리는 그날 저녁 7시부터 프리빗가 전체가 다 내려다 보이는 침실 창문 앞에 자리를 잡고 몇 분마다 계속 편지를 힐끔거리고 있었다. 그는 덤블도어의 편지를 계속 읽어 봐야 아무 의미가 없다는 것을 알고 있었다. 시키는 대로 편지를 가져온 부엉이 편에 "네"라는 답변을 돌려보냈으니 이제 할 수 있는 일이라고는 기다리는 것뿐이었다. 덤블도어가 오거나, 오지 않거나 둘 중 하나였다.

하지만 해리는 아직 짐을 싸지 않았다. 더즐리 가족과 겨우 보름 같이 지냈는데 벌써 이곳을 벗어나게 되다니 너무 좋아서 도무지 사실로 받아들여지지가 않았던 것이다. 그는 일이 잘못될 거라는 느낌을 떨쳐 버릴 수가 없었다. 덤블도어에게 보낸 답장이 딴 길로 샜다거나, 덤블도어가 그를 데리러 오는 도중에 뭔가의 방해를 받을지도 몰랐다. 아니면, 애초에 그 편지가 덤블도어에게서 온 것이 아니라 속임수나 장난, 함정이었던 것으로 밝혀질 수도 있었다. 해리는 짐을 쌌다가 실망하고 다시 풀어야 하는 상황을 감당할 자신이 없었다. 길을 떠날지도 모를 상황에 대비해서 그가 취한 유일한 행동은 흰올빼미 헤드위그를 안전하게 새장에 가둬 놓는 것뿐이었다.

자명종 시계의 분침이 숫자 12에 닿자마자 창밖의 가로등이 꺼졌다.

해리는 갑작스러운 어둠이 자명종이라도 된 것처럼 퍼뜩 잠에서 깨어났다. 서둘러 안경을 바로잡고 유리창에서 뺨을 떼어 낸 다음 창문에 코를 바짝 대고 가늘게 뜬 눈으로 거리를 내려다보았다. 길고 펄럭거리는 망토를 입은 키큰 사람이 정원에 난 길을 걸어오고 있었다.

해리는 전기 충격이라도 받은 것처럼 펄쩍 뛰다가 의자를 넘어뜨리고 말았다. 그런 다음 그는 바닥에 놓인 물건들을 정신없이 낚아채 짐 가방에 던져 넣기 시작했다. 로브들, 마법 책 두 권, 감자칩 한 봉지를 가방 안으로 던지고 있을 때 초인종이 울렸다.

아래층 거실에서 버넌 이모부가 소리쳤다. "어떤 정신

나간 인간이 이런 밤중에 찾아오고 난리야?"

해리는 한 손에는 놋쇠 망원경을, 다른 손에는 운동복 바지를 든 채 얼어붙었다. 덤블도어가 올지도 모른다고 더즐리 가족에게 미리 알렸어야 했는데 까맣게 잊어버렸던 것이다. 그는 당황하면서도 한편으론 웃음이 터질 것 같은 기분을 느끼며 짐 가방을 타 넘고 침실 문을 열었다. 때마침 깊은 울림이 깃든 목소리가 들려왔다. "안녕하세요? 당신이 더즐리 씨군요. 해리한테서 내가 데리러 올 거라는 얘기를 들으셨겠지요?"

해리는 한 번에 두 칸씩 계단을 달려 내려가다 말고 우뚝 멈춰 섰다. 그는 가능한 한 이모부의 손이 닿지 않는 곳에 있어야 한다는 것을 오랜 경험으로 알고 있었다. 키가 크고 호리호리하며 은빛 머리카락과 은빛 턱수염을 허리까지 늘어뜨린 남자가 문밖에 서 있었다. 구부러진 코에 반달 안경을 얹은 그는 긴 검은색 여행용 망토를 걸친 채 뾰족한 모자를 쓰고 있었다. 색깔만 검을 뿐 덤블도어만큼 무성한 콧수염을 기르고 암갈색 잠옷을 입고 있는 버넌 더즐리가 그 조그만 눈으로 믿을 수 없다는 듯 방문객을 바라보고 있었다.

"어이없다는 그 충격받은 표정을 보건대, 내가 온다는

소식을 해리가 미리 알리지 않았나 봅니다." 덤블도어가 유쾌하게 말했다. "하지만 당신이 나를 따뜻하게 집으로 맞아들인 걸로 치면 어떨까요. 요즘처럼 힘든 시기에 문 앞에서 너무 오래 지체하는 건 현명하지 않은 일이니까요."

그는 재빨리 문턱을 넘어와 현관문을 닫았다.

"지난번 들른 이후로 오랜만입니다." 덤블도어가 구부러진 코 아래로 버넌 이모부를 바라보며 말했다. "자주군자란은 확실히 잘 자라고 있군요."

버넌 더즐리는 아예 아무 말도 하지 않았다. 해리는 이모부의 관자놀이에서 핏줄이 위험할 정도로 꿈틀거리는 것을 보고 그가 곧 무슨 말을 할 거라고 생각했지만, 덤블도어가 일시적으로 그의 숨을 멈춰 버린 것처럼 보였다. 덤블도어가 너무 노골적으로 마법사처럼 등장했기 때문일 수도 있고, 제아무리 버넌 이모부라도 함부로 대하기 어려운 사람이 나타났다는 것을 직감했기 때문인지도 몰랐다.

"오, 해리. 잘 지냈니?" 덤블도어가 반달 안경 너머로 눈을 들어 매우 만족스러운 눈빛으로 해리를 바라보며 말했다. "훌륭하다, 훌륭해."

이 말이 버넌 이모부의 부아를 돋운 듯했다. 해리를 보고 "훌륭하다"라고 말할 수 있는 사람과는 결코 의견을 같이할 수 없다고 생각하는 게 틀림없었다.

"무례하게 굴려는 건 아니지만……." 버넌 이모부가 음절 하나하나에 무례해질 조짐을 실어 입을 열었다.

"슬픈 일이오만, 의도치 않은 무례함은 놀라울 정도로 자주 벌어지지요." 덤블도어가 진지하게 그 문장을 맺었다. "아무 말도 하지 않는 게 최선일 겁니다, 친애하는 버넌. 아, 그리고 이분은 분명 피튜니아겠군요."

부엌문이 열려 있고, 해리의 이모가 잠옷 위에 실내복을 걸친 채 고무장갑을 끼고 서 있었다. 평소처럼 부엌 전체를 깨끗이 닦아 내는 취침 전 청소를 하고 있었던 게 분명했다. 말처럼 생긴 그녀의 얼굴에 드러난 건 오직 충격뿐이었다.

"알버스 덤블도어입니다." 버넌 이모부가 그녀를 소개할 생각을 하지 않자 덤블도어가 말했다. "물론, 우린 전에 편지로 얘기한 적이 있지요." 덤블도어는 피튜니아 이모에게 폭발하는 편지인 하울러를 보낸 적이 있었다. 해리가 생각하기에 "편지로 얘기했다"고 표현하기 이상한 일이었지만, 피튜니아 이모는 그 표현을 문제 삼지 않았다. "이쪽은 틀림없이 아드님인 더들리일 테고?"

더들리는 거실문 사이로 막 내다보던 참이었다. 잠옷의

줄무늬 목깃에서 솟아 나온 비대한 금발 머리는 이상하게 몸과 분리된 것처럼 보였고, 입은 놀라움과 두려움으로 쩍 벌어져 있었다. 덤블도어는 더즐리 가족 중 누구라도 입을 열까 싶어 잠시 기다렸다. 하지만 침묵만 계속되자 그는 슬며시 미소 지었다.

"여러분이 나를 거실로 초대한 셈 칠까요?"

덤블도어가 지나가자 더즐리는 허둥지둥 길을 내주었다. 여전히 망원경과 운동복 바지를 꽉 움켜쥐고 있던 해리는 남은 계단을 훌쩍 뛰어내려 덤블도어를 쫓아갔다. 덤블도어는 벽난로와 가장 가까운 안락의자에 앉아 가벼운 흥미가 깃든 표정으로 주위를 둘러보았다. 어처구니없을 만큼 이곳과 어울리지 않는 모습이었다.

"저…… 교수님, 출발 안 하나요?" 해리가 불안한 듯 물었다.

"아니다, 가야지. 하지만 먼저 논의해야 할 문제가 몇 가지 있단다." 덤블도어가 말했다. "그 얘기를 바깥에서 하고 싶지는 않구나. 환대해 주시는 네 이모와 이모부께 조금만 더 폐를 끼쳐야겠다."

"기어이 여기 계시겠다?"

버넌 더즐리가 거실에 들어와 있었다. 피튜니아가 그의

옆에 바짝 붙어 있었고 더들리는 두 사람 뒤에 숨어 있었다.

"그렇소." 덤블도어가 간단히 말했다. "그래야겠군요."

덤블도어는 해리가 미처 보지 못했을 만큼 빠르게 마법 지팡이를 꺼내 들었다. 그가 아무렇지도 않게 마법 지팡이를 퉁기자 소파가 획 날아오더니 더즐리 가족 셋의 무릎 뒤를 탁 쳤다. 그들은 동시에 소파에 주저앉았다. 덤블도어가 또 한 번 마법 지팡이를 퉁기자 소파는 세 사람을 실은 채 원래 자리로 쏜살같이 돌아갔다.

"편안하게 있는 게 낫겠지요." 덤블도어가 유쾌하게 말했다.

그가 마법 지팡이를 다시 주머니에 넣을 때 해리는 그의 손이 검게 쭈그러든 것을 발견했다. 마치 불에 타서 살이 떨어져 나간 것 같았다.

"교수님, 손은 어쩌다가……?"

"나중에 얘기하자, 해리." 덤블도어가 말했다. "앉으려무나."

해리는 너무 놀라 말을 잃은 더즐리 가족 쪽은 보지 않기로 하고 남아 있는 안락의자를 끌어당겼다.

"마실 거라도 권할 거라고 기대했습니다만." 덤블도어가 버넌 이모부에게 말했다. "지금까지의 상황을 미루어 보니 그건 어리석을 정도로 낙관적인 기대겠군요."

마법 지팡이가 세 번째로 휙 움직이자 먼지 덮인 유리병과 유리잔 다섯 개가 공중에 나타났다. 유리병이 살짝 기울어지면서 유리잔 하나하나에 벌꿀 빛깔 액체를 가득 따랐다. 유리잔들은 곧 방 안에 있는 한 사람 한 사람에게로 둥실둥실 날아갔다.

"로즈메르타 씨의 최상급 오크통 숙성 벌꿀술이란다." 덤블도어가 해리에게 잔을 들어 보이며 말했다. 해리는 자기 잔을 들고 한 모금 마셨다. 지금까지 한 번도 마셔 본 적 없는 음료수였는데 굉장히 맛있었다. 더즐리 가족은 겁에 질린 눈길을 재빨리 주고받더니 자기들에게 날아온 유리잔을 아예 못 본 척하려고 노력했다. 유리잔이 그들의 옆머리를 부드럽게 쿡쿡 찌르고 있어서 무시하기 어려웠을 텐데도 말이다. 해리는 덤블도어가 이 상황을 즐기고 있다는 느낌을 지울 수가 없었다.

"자, 해리." 덤블도어가 그에게 고개를 돌리며 말했다. "어려운 문제가 하나 생겼는데, 나는 네가 우리를 위해 그 문제를 해결해 줬으면 좋겠다. 여기에서 우리란 불사조 기사단을 말한단다. 일단 시리우스의 유언장이 1주일 전에 발견됐다는 소식을 너에게 전해 줘야겠구나. 시리우스는 자신이 가진 모든 것을 너에게 남겼다."

저쪽 소파에서 버넌 이모부가 고개를 돌렸지만 해리는 그를 쳐다보지 않았다. "아, 네"라는 말 말고는 뭐라고 해야 할지 떠오르지 않았다.

"이건 대체로 꽤 간단한 일이다." 덤블도어가 말을 이었다. "그린고츠의 네 계좌에 상당량의 금화가 더해지게 되고, 시리우스의 개인 소지품도 모두 네가 상속받게 된다. 유산에서 문제의 소지가 있는 부분은……."

"얘 대부가 죽었소?" 소파에 앉아 있던 버넌 이모부가 큰 소리로 물었다. 덤블도어와 해리 둘 다 고개를 돌려 그를 바라보았다. 벌꿀술 잔은 이제 꽤 고집스럽게 버넌 이모부의 머리를 두드리고 있었다. 그는 손을 휘둘러 그것을 쫓아 버리려고 했다. "죽었단 말이오? 쟤 대부가?"

"그렇습니다." 덤블도어가 말했다. 그는 해리에게 왜 더즐리 가족에게 그 일을 알리지 않았느냐고 묻지 않았다. "문제는……." 그는 말이 한 번도 끊어진 적 없다는 듯이 해리를 보며 말을 이었다. "시리우스가 너에게 그리몰드가 12번지도 남겼다는 거란다."

"집을 남겼단 말이오?" 버넌 이모부가 탐욕스럽게 물었다. 그의 작은 눈이 가늘어졌지만 그의 물음에 대답하는 사람은 아무도 없었다.

"계속 본부로 쓰셔도 돼요." 해리가 말했다. "전 상관없어요. 가지셔도 되고요. 사실 전 별로 갖고 싶지 않아요." 해리는 할 수만 있다면 다시는 그리몰드가 12번지에 발을 들이고 싶지 않았다. 그토록 간절히 떠나고 싶어 하던 장소에 갇힌 채 그 어둡고 퀴퀴한 방들을 홀로 배회하던 시리우스의 기억에 영원히 사로잡힐 것만 같았던 것이다.

"참 너그러운 마음씨로구나." 덤블도어가 말했다. "하지만 우린 잠시 그곳을 떠난 상태란다."

"왜요?"

"글쎄……." 덤블도어는 버넌 이모부가 구시렁거리는 소리를 무시하고 말을 이었다. 그 집요한 벌꿀술 잔은 이제 버넌 이모부의 머리를 빠르게 두들기고 있었다. "블랙 가문의 전통에 따르면 그 저택은 직계 후손에게만 상속되어야 한단다. 블랙이라는 성을 가진 다음 세대 남자에게로 말이야. 남동생인 레귤러스가 시리우스보다 먼저 죽었고 두 사람 다 아이가 없었으므로, 블랙 가문의 마지막 후손은 시리우스였다. 시리우스는 유언장에서 그 집을 너에게 물려주겠다는 뜻을 확실히 밝히고 있지만, 어쨌든 순수 혈통이 아닌 사람은 절대 소유할 수 없도록 하는 주문이나 마법이 그곳에 걸려 있을 가능성이 있다."

해리는 곧바로 그리몰드가 12번지의 복도에 걸려 비명을 지르고 욕설을 내뱉던 시리우스 어머니의 초상화를 생생하게 떠올렸다. "분명 그럴 거예요." 그가 말했다.

"그래, 아마 그럴 거다." 덤블도어가 말했다. "그리고 그런 마법이 존재한다면 그 집의 소유권은 시리우스의 살아 있는 친척 중 가장 나이가 많은 사람, 다시 말해 시리우스의 사촌인 벨라트릭스 레스트레인지에게로 이전될 가능성이 높다."

해리는 자기도 모르게 자리에서 벌떡 일어섰다. 그의 무릎 위에 놓여 있던 망원경과 운동복 바지가 바닥에 떨어졌다. 시리우스를 죽인 벨라트릭스 레스트레인지가 그의 집을 물려받는다고?

"안 돼요." 그가 말했다.

"그래, 우리도 물론 벨라트릭스가 그 집을 물려받지 않았으면 한다." 덤블도어가 침착하게 말했다. "상황이 복잡하게 얽혀 있단다. 그 집의 소유권이 시리우스의 손을 떠난 지금도 우리가 직접 그곳에 건 마법, 예컨대 그곳의 위치가 드러나지 않도록 하는 마법이 유지될지 잘 모르겠거든. 벨라트릭스가 언제든 그 집 문 앞에 나타날 수 있다는 얘기란다. 당연히 우리는 상황이 확실해지기 전까지 그 집을 비워야 했지."

"그런데 제가 그 집을 가져도 되는지는 어떻게 알아내시려고요?"

"다행히" 하고, 덤블도어가 입을 열었다. "간단한 시험 방법이 있다."

그는 의자 옆 작은 탁자에 빈 잔을 내려놓았다. 하지만 그가 뭔가 할 겨를도 없이 버넌 이모부가 소리쳤다. "이 망할 것들 좀 치워 줄 수 없소?"

해리가 돌아보니 더즐리 가족 셋 모두 팔로 머리를 감싸고 웅크린 채였다. 유리잔들이 그들의 머리 위에서 통통 튕기면서 내용물이 사방으로 흩날렸다.

"아, 미안합니다." 덤블도어가 정중히 말하더니 다시 마법 지팡이를 들어 올렸다. 유리잔 세 개가 모두 사라졌다. "하지만 그걸 마시는 게 더 예의 바른 행동이었을 겁니다."

버넌 이모부는 당장에라도 끝없는 악담을 쏟아 낼 것처럼 보였지만 그저 피튜니아 이모, 더들리와 함께 쿠션 속으로 몸을 움츠릴 뿐 아무 말도 하지 않았다. 그의 작고 돼지 같은 눈은 덤블도어의 마법 지팡이에 머물러 있었다.

"그게 말이다." 덤블도어는 버넌 이모부가 끼어든 일 따위는 없었던 것처럼 해리를 돌아보며 다시 말했다. "네가 그 집을 물려받는다면, 너는 그 집뿐만 아니라……."

그가 다섯 번째로 마법 지팡이를 튕겼다. 요란한 '펑' 소리가 나더니 집요정이 나타났다. 코가 있을 자리에 주둥이가 달려 있고, 거대한 박쥐 모양 귀와 어마어마하게 큰 눈을 가진 집요정이 더러운 누더기를 걸치고 더즐리네 집 긴 털 카펫 위에 웅크리고 있었다. 피튜니아 이모는 머리카락이 쭈뼛 설 만큼 비명을 질렀다. 그녀가 기억하는 한 이렇게 더러운 것이 그녀의 집에 들어온 적은 평생 단 한 번도 없었다. 더들리는 커다란 분홍빛 맨발을 바닥에서 들어 올려 거의 머리 위까지 치켜들었다. 그 생물이 자기 잠옷 바지 속으로 달려들지도 모른다고 생각하는 것 같았다. 버넌 이모부가 소리쳤다. "저게 *대체* 뭐요?"

"크리처도 상속받는 거다." 덤블도어가 말을 마쳤다.

"크리처는 안 갈 겁니다요, 크리처는 안 갈 겁니다요, 크리처는 안 갈 겁니다요!" 집요정이 쉰 목소리로 꽥꽥거렸다. 거의 버넌 이모부 목소리만큼이나 시끄러웠다. 크리처는 길쭉하고 울퉁불퉁한 발을 쿵쿵 구르며 자신의 양쪽 귀를 잡아당겼다. "크리처는 벨라트릭스 아가씨 것입니다요. 아, 그렇고말고요. 크리처는 블랙 가문 거예요. 크리처는 새로운 여자 주인님을 모시고 싶어요. 크리처는 포터 녀석에게 가지 않을 겁니다요. 크리처는 안 갈 겁니다요. 안 가요, 안 가…….”

“보면 알겠지만, 해리.” 덤블도어가 쉰 목소리로 계속되는 크리처의 “안 가요, 안 가요, 안 가요”를 누르고 목소리를 높였다. “크리처는 자기 소유권이 너에게 이전되는 걸 좀 꺼리는 것 같다.”

“상관없어요.” 해리가 몸을 비틀며 발을 굴러 대는 집요정을 혐오스럽다는 눈으로 바라보며 말을 이었다. “저도 바라지 않아요.”

“안 가요, 안 가요, 안 가요, 안 가요…….”

“크리처의 소유권이 벨라트릭스 레스트레인지에게 넘어가도 괜찮겠느냐? 크리처가 지난 한 해 동안 불사조 기사단 본부에 살았다는 것을 생각하거라.”

“안 가요, 안 가요, 안 가요, 안 가요…….”

해리는 덤블도어를 뚫어지게 바라보았다. 그도 크리처가 이곳을 떠나 벨라트릭스 레스트레인지와 함께 살게 두어선 안 된다는 것을 알고 있었다. 하지만 시리우스를 배신한 생명체의 주인이 되어 그를 책임진다니 생각만 해도 속이 메스꺼웠다.

"크리처에게 명령을 내려 보거라." 덤블도어가 말했다. "너에게 소유권이 넘어왔다면 크리처는 네 말을 따라야 할 것이다. 그렇지 않다면 크리처가 정당한 소유권을 가진 그의 여자 주인에게 가지 못하도록 다른 방법을 강구해야 한단다."

"안 가요, 안 가요, 안 가요, *안 가!*"

크리처의 목소리가 비명처럼 높아졌다. 해리는 별달리 할 말을 떠올리지 못하고 순간적으로 "크리처, 입 닥쳐!"라고 소리쳤다.

크리처는 순간 숨이 막히는 듯했다. 녀석은 목을 움켜쥔 채 입을 여전히 격하게 움직였다. 크리처의 두 눈이 툭 튀어나왔다. 크리처는 잠깐 동안 정신없이 숨을 꿀꺽꿀꺽 삼킨 뒤에야 카펫에 얼굴을 파묻고 쓰러졌다(피튜니아 이모가 훌쩍거렸다). 그러고는 두 손과 두 발로 바닥을 내리치며, 난폭하지만 아주 조용하게 분통을 터뜨렸다.

"그래, 문제가 해결됐구나." 덤블도어가 밝은 목소리로 말했다. "시리우스가 일을 제대로 처리한 모양이다. 너는 그리몰드가 12번지와 크리처의 정당한 주인이다."

"제가…… 크리처를 꼭 데리고 있어야 하나요?" 해리는 아연실색하며 물었다. 크리처는 그의 발 앞에서 몸부림치고 있었다.

"싫다면 그러지 않아도 된단다." 덤블도어가 말했다. "내가 제안을 하자면, 크리처를 호그와트로 보내 주방에서 일하게 하는 것도 좋을 것 같다. 그러면 다른 집요정들이 크리처를 지켜볼 수 있을 테니."

"네." 해리가 안심하며 말했다. "네, 그렇게 할게요. 음…… 크리처. 나는 네가 호그와트에 가서 다른 집요정들과 함께 그곳 주방에서 일했으면 좋겠어."

이제는 아예 벌렁 드러누워 팔다리를 허공에다 내젓고 있던 크리처가 깊은 증오가 담긴 눈길로 해리를 쳐다보더니 또 한 번 시끄러운 '펑' 소리를 내며 사라졌다.

"잘했다." 덤블도어가 말했다. "히포그리프 벅빅 문제도 있단다. 시리우스가 죽은 뒤로 해그리드가 돌보고 있는데, 이제 벅빅도 네 것이니 달리 조치하고 싶다면……."

"아뇨." 해리가 대번에 말했다. "해그리드랑 있어도 돼요. 벅빅도 그걸 더 좋아할 거예요."

"해그리드가 기뻐하겠구나." 덤블도어가 미소 지으며 말했다. "해그리드는 벅빅을 다시 보고는 좋아서 어쩔 줄 몰라 했다. 이건 다른 얘기지만, 우리는 벅빅의 안전을 위해 당분간 녀석을 위더윙스라고 부르기로 했단다. 마법 정부에서 녀석이 예전에 사형선고를 받았던 그 히포그리프라는 걸 밝혀 낼 것 같지는 않지만 말이다. 자, 해리. 짐은 싸뒀니?"

"아……."

"내가 과연 나타날지 의심했던 게로구나?" 덤블도어가 단번에 상황을 파악하고 물었다.

"바로 가서…… 어…… 끝낼게요." 해리가 바닥에 떨어진 망원경과 운동복 바지를 얼른 집어 들며 말했다.

필요한 물건을 모두 찾아 가방에 넣는 데 10분이 조금 넘게 걸렸다. 그는 부랴부랴 침대 밑에서 투명 망토를 꺼내고 색깔이 변하는 잉크병 마개를 꽉 잠근 다음, 솥단지 위로 짐 가방을 억지로 닫았다. 그러고는 한 손으로 짐 가방을 끌고 다른 손으로는 헤드위그의 새장을 든 채 아래층으로 다시 내려갔다.

해리는 덤블도어가 현관에서 기다리고 있지 않은 것을 보고 실망했다. 그건 거실로 돌아가야 한다는 뜻이었기 때문이다.

모두 입을 다물고 있었다. 덤블도어는 편안해 보이는 얼굴로 나직이 콧노래를 흥얼거렸지만, 분위기는 싸늘하게 식은 커스터드보다 뻑뻑했다. 해리는 감히 더즐리 가족에

게는 눈길도 주지 못하고 입을 열었다. "교수님, 이제 준비
됐어요."

"좋아." 덤블도어가 말했다. "이제 마지막 한 가지가 남
았구나." 그는 고개를 돌려 다시 한 번 더즐리 가족에게 말
을 걸었다. "여러분도 분명 알고 있겠지만, 1년만 있으면
해리도 성인이 될……."

"아뇨." 덤블도어가 나타난 이후 처음으로 피튜니아 이
모가 입을 열었다.

"뭐라고 하셨습니까?" 덤블도어가 정중하게 물었다.

"아뇨, 그렇지 않아요. 얘는 더들리보다 한 달 늦게 태어
났는데, 더더스는 내후년이 되어야 열여덟 살이 되니까요."

"아." 덤블도어가 유쾌하게 말했다. "하지만 마법사 세계
에서는 열일곱 살에 성인이 됩니다."

버넌 이모부가 "어처구니없군" 하고 꿍얼거렸지만 덤블
도어는 그 말을 못 들은 척했다.

"자, 이미 아시다시피 볼드모트 경이라 불리는 마법사가
이 나라에 돌아왔습니다. 마법사 사회는 지금 전쟁 상태예
요. 볼드모트 경은 이미 여러 차례 해리를 죽이려 들었고,
지금 해리는 큰 위험에 처해 있습니다. 이 아이의 부모가
살해당했으니 여러분이 친자식처럼 돌보아 주었으면 좋겠

다는 마음을 담은 편지를 내가 이 댁 현관 계단에 남기고 떠난 15년 전 그날보다도 말입니다."

덤블도어는 잠시 말을 멈췄다. 그의 목소리는 분노의 기색이 담기기는커녕 여전히 밝고 침착했다. 하지만 해리는 그에게서 어떤 차가운 기운이 뿜어 나오는 것을 느꼈고, 더즐리 가족이 서로 바짝 붙어 앉는 것을 눈치챘다.

"여러분은 내가 부탁한 대로 하지 않았습니다. 해리를 아들처럼 대해 준 적이 없어요. 여러분의 손에 자라면서 이 아이는 방치와, 종종 있었던 학대 말고는 겪은 게 없습니다. 그나마 다행이라고 말할 수 있는 점은, 해리는 적어도 당신들 사이에 앉아 있는 저 불행한 아이가 당신들에게 당한 것과 같은 끔찍한 악영향에서 벗어날 수 있었다는 겁니다."

피튜니아 이모와 버넌 이모부는 더들리 외에 다른 누군가가 자신들 사이에 끼어 있기라도 한 듯 본능적으로 옆을 돌아보았다.

"우리가…… 더더스를 학대했다고? 그게 무슨……?" 버넌 이모부가 화를 내며 입을 열었지만 덤블도어는 조용히 하라는 뜻으로 손가락을 들었다. 버넌 이모부는 갑자기 말을 못하게 된 듯 조용해졌다.

"내가 15년 전에 걸었던 마법은 해리가 이곳을 '집'이라
고 부를 수 있는 한 강력한 보호를 받게 되는 마법이었습
니다. 해리가 이곳에서 아무리 비참하게 살았더라도, 아무
리 환영받지 못했더라도, 아무리 부당한 대우를 받았더라
도 당신들은 억지로나마 해리에게 머물 곳을 내줬지요. 이
마법은 해리가 열일곱 살이 되는 순간, 그러니까 해리가
성인이 되는 순간 작동을 멈춥니다. 내가 부탁하고 싶은
건 이것 하나뿐입니다. 해리가 열일곱 살 생일을 맞기 전
에 한 번만 더 이 집으로 돌아올 수 있게 해 주십시오. 그
러면 해리는 그때까지 확실히 마법의 보호를 받을 수 있을
겁니다."

더즐리 가족 중 누구도 말을 하지 않았다. 더들리는 여
전히 자기가 학대당한 적이 있는지 생각해 내려는 듯 살짝
얼굴을 찌푸리고 있었다. 버넌 이모부는 목구멍에 뭐가 걸
린 것 같은 표정을 지었다. 피튜니아 이모만이 묘하게 얼
굴을 붉혔다.

"자, 해리…… 떠날 시간이구나." 덤블도어가 마침내 의
자에서 일어나 긴 검은색 망토를 폈다. "그럼 다시 만납시
다." 그가 다시 만날 순간이 영원히 오지 않기를 바라는 표
정을 짓고 있는 더즐리 가족에게 말했다. 그러고는 모자를

살짝 벗으며 인사하더니 미끄러지듯 방을 나갔다.

"안녕히 계세요." 해리는 더즐리 가족에게 빠르게 말한 뒤 덤블도어를 쫓아갔다. 덤블도어는 헤드위그의 새장이 얹혀 있는 해리의 짐 가방 옆에 멈춰 서 있었다.

"지금은 이 짐들이 거치적거리지 않는 게 좋겠다." 그가 말하며 다시 마법 지팡이를 꺼냈다. "이것들을 먼저 버로로 보내도록 하마. 다만 투명 망토는 직접 들고 갔으면 좋겠구나. 만일이라는 게 있으니까."

해리는 엉망진창인 가방 속을 덤블도어에게 보이지 않으려고 애쓰며 힘겹게 투명 망토를 꺼냈다. 그가 투명 망토를 재킷 안주머니에 집어넣자 덤블도어는 마법 지팡이를 흔들었다. 짐 가방과, 헤드위그가 들어 있는 새장이 순식간에 사라졌다. 덤블도어는 이어서 마법 지팡이를 다시 흔들었다. 현관문이 열리며 서늘하고 안개 자욱한 어둠이 눈앞에 펼쳐졌다.

"자, 해리. 저 밤의 어둠 속으로 나가 보자. 우리를 유혹하는 저 변덕스러운 모험이란 것을 한번 해 보자꾸나."

4장
호러스 슬러그혼

지난 며칠 동안 해리는 잠든 시간을 제외하면 덤블도어가 그를 데리러 와 주기를 간절히 바라고 있었다. 그러나 막상 그와 함께 프리빗가를 걷고 있자니 몹시도 어색했다. 그는 그때까지 한 번도 호그와트 바깥에서 교장과 제대로 대화를 나눠 본 적이 없었다. 두 사람 사이에는 보통 책상이 놓여 있었다. 게다가 마지막으로 덤블도어를 마주했던 때의 기억이 자꾸 떠오르면서 해리를 더욱 부끄럽게 만들었다. 그때 해리는 덤블도어가 가장 아끼는 물건들을 박살 내려고 기를 쓰면서 고함을 질러 대기까지 했다.

그러나 덤블도어는 더없이 평온해 보였다.

"마법 지팡이를 손에 쥐고 있거라, 해리." 그가 밝은 목소리로 말했다.

"하지만 학교 밖에서는 마법을 쓰면 안 되지 않나요, 교수님?"

덤블도어가 말했다. "만약 공격을 당하면, 네가 할 수 있는 그 어떤 저주 해제 마법이나 반격 마법을 써도 된다. 내가 허락하마. 하지만 오늘 밤에는 공격당할 걱정은 안 해도 될 것 같구나."

"왜요?"

"내가 같이 있잖느냐." 덤블도어가 간단하게 말했다. "그거면 된단다, 해리."

그는 프리빗가 끝에서 갑자기 멈춰 섰다.

"물론 아직 순간이동 시험을 통과하지 않았겠지?" 그가 말했다.

"네." 해리가 말했다. "열일곱 살이 되어야 하는 걸로 아는데요?"

"맞다." 덤블도어가 말했다. "그러니까 내 팔을 아주 꽉 잡아야 한다. 괜찮다면 왼팔을 잡거라. 너도 눈치챘겠지만, 지금은 내 마법 지팡이 잡는 쪽 팔이 좀 시원찮아서 말이야."

해리는 덤블도어가 내민 팔뚝을 잡았다.

"잘했다." 덤블도어가 말했다. "자, 가자꾸나."

해리는 덤블도어의 팔이 비틀리듯 빠져나가려는 것을 느끼고 손아귀에 더욱 힘을 주었다. 다음 순간에는 모든 것이 검게 변했다. 사방에서 아주 강한 힘이 그를 압박했다. 숨을 쉴 수가 없을 지경이었다. 철로 만든 끈이 가슴을 죄어 오는 것 같았다. 눈알이 머릿속으로 파고들어 가는 것 같고, 고막이 두개골 더 깊은 곳으로 밀려들어 가는 것 같더니……

해리는 차가운 밤공기를 허파 가득 들이마시며 눈을 떴다. 눈에서는 눈물이 줄줄 흐르고 있었다. 아주 꽉 끼는 고무관 속을 억지로 통과한 듯한 기분이었다. 잠시 후 그는 프리빗가가 사라진 것을 깨달았다. 그와 덤블도어는 이제 텅 빈 마을 광장처럼 보이는 곳에 서 있었다. 광장 한가운데에는 오래된 전쟁 기념비와 벤치 몇 개가 놓여 있었다. 정신을 차리고 상황을 파악하던 해리는 자신이 평생 처음으로 순간이동을 했다는 사실을 깨달았다.

"괜찮니?" 덤블도어가 그를 내려다보며 걱정스럽게 물었다. "이 감각에 익숙해지기까지는 확실히 시간이 좀 걸린단다."

"괜찮아요." 해리가 귀를 문지르며 말했다. 그의 귀는 프리빗가를 떠나고 싶은 마음이 별로 없었던 것 같았다. "그렇지만 저는 빗자루가 더 좋은 것 같아요."

덤블도어가 미소를 머금고 여행용 망토의 옷깃을 더 바짝 조이며 말했다. "이쪽이다."

그는 활기찬 걸음을 내디뎠다. 그들은 텅 빈 여관과 집들을 지나쳤다. 근처 교회의 시계를 보니 어느새 자정에 가까운 시각이었다.

"그럼 말해 보렴, 해리." 덤블도어가 말했다. "네 흉터 말이다…… 그동안 조금이라도 아팠던 적 있었니?"

해리는 무의식적으로 손을 들어 이마의 번개 모양 흉터를 문질렀다.

"아뇨." 그가 말했다. "그래서 궁금했어요. 볼드모트가 다시 강해지고 있으니 흉터가 계속 욱신거릴 거라고 생각했거든요."

그는 덤블도어를 힐끗 올려다보았다. 덤블도어는 흡족한 표정을 짓고 있었다.

"나는 오히려 반대로 생각했다." 덤블도어가 말했다. "볼드모트 경이 네가 지금까지 위험을 무릅쓰고 자기 생각과 감정에 접근해 왔다는 걸 비로소 깨달은 거야. 이제는 그 자가 너를 상대로 오클루먼시를 쓰고 있는 것 같구나."

"전 아무 불만 없어요." 해리가 말했다. 심란한 꿈들도, 볼드모트의 마음을 꿰뚫어봤던 놀라운 순간들도 전혀 그립지 않았다.

그들은 모퉁이를 돌아 공중전화 부스와 버스 정류장을 지났다. 해리는 다시 덤블도어를 곁눈질했다.

"교수님?"

"왜 그러니, 해리?"

"저…… 정확히 여기가 어디예요?"

"해리, 여기는 버들리 배버튼이라는 매력적인 마을이란다."

"여기서 뭘 하는 건가요?"

"아, 그렇지. 내가 말을 안 해 줬구나." 덤블도어가 말했다. "음, 최근 몇 년 동안 이 말을 몇 번이나 했는지 모르겠다만, 이번에도 교수님이 한 명 부족해졌잖니. 그래서 내 옛 동료에게 은퇴 생활을 그만두고 호그와트로 돌아오라고 설득하기 위해 여기에 온 거란다."

"제가 어떻게 도움이 될 수 있을까요, 교수님?"

"아, 네 역할은 곧 알게 될 거다." 덤블도어가 모호하게 말했다. "여기서 왼쪽이다, 해리."

그들은 양옆으로 집들이 늘어서 있는 가파르고 좁은 거

리를 걸어갔다. 창문들은 모두 컴컴하니 불이 꺼져 있었다. 2주 동안 프리빗가에 드리워져 있었던 이상한 냉기가 이곳까지 이어졌다. 해리는 디멘터들이 떠올라 어깨 너머로 뒤를 돌아보고, 마음을 다잡으려는 듯 주머니 속 마법 지팡이를 꽉 움켜쥐었다.

"교수님, 왜 옛 동료 교수님 집으로 곧장 순간이동을 하지 않으신 거죠?"

"왜냐하면 그건 현관문을 걷어차고 들어가는 것만큼이나 무례한 일이거든." 덤블도어가 말했다. "동료 마법사들에게 우리가 들어가는 것을 거부할 기회를 주는 게 예의란다. 게다가 마법사들이 사는 집은 대부분 원치 않는 순간이동자들의 침입을 막기 위해 마법으로 보호되고 있어. 예를 들어 호그와트에서는……."

"……건물이나 교정 안 어디에서도 순간이동을 할 수 없죠." 해리가 재빨리 말했다. "헤르미온느 그레인저가 말해 줬어요."

"헤르미온느 말이 맞다. 여기서 다시 왼쪽이다."

그들의 등 뒤에서 교회 시계가 자정을 알렸다. 해리는 덤블도어가 이렇게 늦은 시간에 옛 동료를 방문하는 일은 왜 무례한 일이라 여기지 않는지 궁금했지만, 일단 대화가 시작되자 그보다 더 묻고 싶은 것들이 생겼다.

"교수님, 《예언자일보》에서 퍼지 총리가 사임했다는 기사를 봤는데요……."

"그래." 덤블도어가 말했다. 이제 그는 가파른 옆길로 접어들고 있었다. "너도 이미 봤겠지만, 퍼지가 물러나고 오러 본부 본부장이었던 루퍼스 스크림저라는 사람이 그 자리를 대신하게 됐단다."

"그분…… 교수님이 보시기에 그분은 괜찮은 사람인가요?" 해리가 물었다.

"흥미로운 질문이구나." 덤블도어가 말했다. "능력 있는 사람인 건 확실하다. 코닐리어스보다는 결단력이 있고 강단이 있지."

"네, 근데 제 말은……."

"네가 무슨 말을 하는지 안다. 루퍼스는 행동하는 사람이고, 경력의 대부분을 어둠의 마법사들과 싸우면서 보낸 만큼 볼드모트 경을 과소평가하지도 않아."

아무리 기다려도 덤블도어는 《예언자일보》에 보도되었던 그와 스크림저 사이의 불화에 대해서는 한 마디도 하지 않았고, 해리는 그 주제를 밀어붙일 배짱이 없었으므로 화제를 돌렸다.

"그리고…… 교수님…… 본즈 장관님 기사도 봤어요."

"그랬구나." 덤블도어가 조용히 말했다. "엄청난 손실이지. 본즈 장관은 위대한 마법사였어. 바로 저기인 것 같구나. ……아이고."

그는 다친 손으로 길을 가리키다가 신음했다.

"교수님, 손은 대체 어쩌다가……?"

"지금은 설명할 시간이 없단다." 덤블도어가 말했다. "손에 땀을 쥐게 하는 이야기니 그만한 대접을 해 줘야지."

그는 해리를 보며 빙그레 웃었다. 해리는 자기가 무시당한 게 아니라는 것을 알았다. 그리고 질문을 계속해도 된다는 것도 이해했다.

"교수님, 부엉이를 통해서 마법 정부의 전단지를 받았어요. 죽음을 먹는 자들에 대비한 안전조치에 관한 것이었는데……."

"그래, 나도 한 장 받았다." 덤블도어가 여전히 미소 지으며 말했다. "쓸모가 있더냐?"

"별로요."

"그래, 나도 그렇게 생각했다. 예를 들면, 너는 내가 가짜가 아니라 진짜 덤블도어 교수인지 확인하기 위해 내가 가장 좋아하는 잼이 뭔지 물어보지 않았지."

"저는……." 해리가 입을 열었다. 꾸중을 듣는 건지 아닌지 확신이 서지 않았다.

"혹시 나중에 써먹을 일이 있을까 봐 하는 말인데, 해리, 산딸기 맛이란다……. 물론 내가 죽음을 먹는 자라면 내 흉내를 내기 전에 내가 어떤 잼을 좋아하는지 확실히 조사하겠지만 말이야."

"어…… 그러네요." 해리가 말했다. "음, 그 전단지에 인페리우스에 대한 얘기가 적혀 있던데요. 그게 정확히 뭐예요? 전단지에는 명확하게 써 있지 않아서요."

"시체란다." 덤블도어가 차분하게 말했다. "어둠의 마법사가 시키는 대로 움직이도록 마법이 걸린 죽은 몸뚱어리지. 그러나 인페리우스는 오랫동안 목격된 적이 없단다. 지난번 볼드모트가 강력했을 때 이후로는 말이야……. 그자는 물론 인페리우스 부대를 만들 만큼 수많은 사람을 죽였지. 여기다, 해리, 바로 여기야……."

그들은 정원이 딸린 아담하고 깔끔한 석조 주택으로 다가가고 있었다. 인페리우스라는 끔찍한 존재를 이해하느라 바빠 다른 데 신경 쓸 겨를이 없었던 해리는 덤블도어가 그 집 대문 앞에서 갑자기 걸음을 멈췄는데도 계속 나아가다가 그에게 부딪히고 말았다.

"아 이런. 이런, 이런, 이런."

해리는 덤블도어의 시선을 따라 정성껏 가꾼 정원 길을
쭉 살펴보다가 가슴이 철렁 내려앉는 것을 느꼈다. 현관문
이 떨어져 경첩에 달랑달랑 매달려 있었던 것이다.

덤블도어가 거리 이쪽저쪽을 얼른 살펴봤지만 아무도
없는 것 같았다.

"마법 지팡이를 꺼내고 따라오너라, 해리." 그가 조용히
말했다.

덤블도어는 대문을 열고 빠르고 조용히 정원 길을 따라
걸었다. 해리가 그를 바짝 뒤쫓았다. 이윽고 덤블도어는
마법 지팡이를 치켜들고 현관문을 아주 천천히 열었다.

"루모스."

덤블도어의 마법 지팡이 끝에 불이 켜지면서 좁은 복도
를 비췄다. 왼쪽에 또 다른 문이 열려 있었다. 덤블도어는
불빛을 내뿜는 마법 지팡이를 높이 들어 올리고 거실로 들
어갔다. 해리가 그 뒤를 따랐다.

완전한 파괴의 현장이 눈에 들어왔다. 괘종시계가 박살
이 난 채 그들의 발밑에 놓여 있었다. 시계 판에는 금이 갔
고, 시계추는 조금 거리를 둔 곳에 떨어뜨린 검처럼 널브
러져 있었다. 피아노는 옆으로 쓰러져서 건반들이 바닥에

흐트러져 있고, 떨어진 샹들리에의 잔해들이 근처에서 반짝거렸다. 쿠션들은 푹 꺼진 채 옆의 찢어진 틈으로 깃털들이 삐져나오고, 유리와 도자기 파편들이 가루처럼 사방을 뒤덮고 있었다. 덤블도어는 마법 지팡이를 더욱 높이 들어 올렸다. 빛이 벽을 비추자 뭔가 검붉고 끈끈한 것이 벽지에 흩뿌려진 광경이 보였다. 해리가 작게 숨을 들이켜자 덤블도어가 주위를 둘러보았다.

"보기 좋은 광경은 아니구나. 그렇지?" 그가 무겁게 말했다. "그래, 여기에서 뭔가 끔찍한 일이 벌어진 모양이다."

덤블도어는 조심스럽게 방 한가운데로 다가가 발아래에 놓인 잔해를 자세히 살펴보았다. 해리는 부서진 피아노나 뒤집힌 소파 뒤에 뭔가 숨어 있을지도 모른다는 생각에 반쯤 겁을 먹고 주위를 둘러보며 그 뒤를 따랐지만 시체 같은 것은 보이지 않았다.

"싸움이 있었나 봐요. 놈들이 그분을 끌고 간 걸까요, 교수님?" 해리는 벽에 이 정도 높이까지 피가 튀려면 얼마나 심한 부상을 당해야 하는지 상상하지 않으려고 애쓰면서 말했다.

"그건 아닌 것 같다." 덤블도어가 옆으로 쓰러진, 속을 빵빵하게 채운 안락의자를 내려다보며 조용히 말했다.

"그럼 교수님은 그분이……?"

"아직도 여기 어딘가에 있을 것 같냐고? 그래, 맞다."

그리고 덤블도어는 아무런 예고도 없이 몸을 홱 숙이고 지팡이 끝으로 빵빵한 안락의자를 쿡 찔렀다. 안락의자가 "아얏!" 하고 소리를 질렀다.

"잘 있었나, 호러스." 덤블도어가 몸을 펴며 말했다.

해리의 입이 떡 벌어졌다. 방금 전까지 안락의자가 있었던 곳에 웬 나이 든 남자가 웅크리고 있었던 것이다. 꽤 뚱뚱하고 머리가 벗어진 그 남자는 아랫배를 문지르며 억울하다는 듯 눈물이 괸 눈을 가늘게 뜨고 덤블도어를 올려다보고 있었다.

"그렇게 세게 찌를 건 없잖나." 그가 자리에서 일어나며 툴툴거렸다. "아프다고."

반들반들한 정수리와 툭 튀어나온 눈, 큼직한 은빛 팔자수염, 연보라색 비단 잠옷 위에 걸친 고동색 벨벳 재킷에 달린 광이 나는 단추들이 마법 지팡이에서 나오는 빛을 받아 반짝거렸다. 그의 키는 머리끝이 덤블도어의 턱에 간신히 닿을 정도였다.

"어떻게 알았지?" 그는 계속 아랫배를 문지르면서 비틀비틀 일어나 투덜거렸다. 방금 전까지 안락의자인 척하다가 들킨 사람치고는 놀랄 만큼 뻔뻔했다.

"친애하는 호러스." 덤블도어가 즐거워하는 표정으로 말했다. "정말로 죽음을 먹는 자들이 찾아온 거라면 이 집 위에 어둠의 징표가 띄워져 있지 않았겠나."

마법사는 통통한 손으로 드넓은 이마를 찰싹 쳤다.

"어둠의 징표." 그가 중얼거렸다. "어쩐지 뭔가 빠뜨린 것 같더라니……. 뭐 어쨌든 시간이 모자랐을 거야. 자네가 이 방에 들어왔을 때 의자 덮개를 마지막으로 손보던 중이었거든."

그는 콧수염 양 끝이 떨리도록 크게 한숨을 내쉬었다.

"청소하는 걸 좀 도와줘도 되겠나?" 덤블도어가 정중하게 물었다.

"부탁하네." 마법사가 대답했다.

키 크고 날씬한 마법사와 작고 동글동글한 마법사가 등을 맞대고 서서 똑같은 동작으로 마법 지팡이를 휘둘렀다.

가구들이 원래 자리로 날아갔다. 부서진 장식품들은 공중에서 다시 만들어졌다. 깃털들이 쿠션으로 붕 날아들어 갔고, 찢어진 책들은 책꽂이에 내려앉으면서 저절로 고쳐졌다. 기름등잔은 보조 탁자로 날아가 다시 켜졌다. 산산조각 난 수많은 은제 액자가 번쩍거리며 방 안을 날아가

빛바랜 곳 하나 없는 멀쩡한 모습으로 책상 위에 내려앉았다. 사방에서 찢기고, 깨지고, 구멍 난 곳들이 전부 원래 모습을 되찾았다. 벽도 저절로 깨끗하게 닦였다.

"그건 그렇고, 저건 무슨 피인가?" 덤블도어가 새것이 된 괘종시계 소리 때문에 소리를 지르듯이 물었다.

"벽에 묻은 것? 용의 피야." 샹들리에가 알아서 천장으로 돌아가 귀청이 떨어질 정도로 드드륵거리고 짤랑거리는 소리를 내며 나사로 고정되는 가운데 호러스라 불린 마법사가 소리쳤다.

피아노가 '쿵' 소리를 내며 바로 서는 것을 마지막으로 방 안이 고요해졌다.

"그래, 용의 피." 마법사가 태연하게 되풀이했다. "내가 가지고 있던 마지막 병이었네. 지금은 가격이 하늘 높은 줄 모르지만 아마 다시 쓸 수 있을 거야."

그는 쿵쿵거리며 찬장으로 다가가 그 위에 놓인 작은 크리스털 병을 집어 들고 불빛을 비춰 그 안의 진득한 액체를 유심히 살펴보았다.

"흠. 먼지가 좀 끼었군."

그는 병을 다시 찬장 위에 올려놓고 한숨을 쉬었다. 그때 그의 시선이 해리에게 향했다.

"오호." 그의 크고 동그란 눈이 해리의 이마와 번개 모양 흉터를 빠르게 훑었다. "오호!"

"이쪽은……." 덤블도어가 소개해 주려고 앞으로 나서며 말했다. "해리 포터일세. 해리, 이쪽은 내 오랜 친구이자 동료인 호러스 슬러그혼이란다."

슬러그혼은 덤블도어에게 눈을 돌렸다. 이미 뭔가 눈치 챈 표정이었다.

"그러니까 이렇게 하면 나를 설득할 수 있을 거라고 생각한 거로군? 답변은 '아니'일세, 알버스."

그는 유혹을 뿌리치려는 사람처럼 단호하게 얼굴을 돌린 채 해리를 밀치고 지나갔다.

"그래도 술 한 잔 정도는 대접해 주겠지?" 덤블도어가 물었다. "옛정을 생각해서 말이야."

슬러그혼이 망설였다.

"좋아, 그럼 딱 한 잔만일세." 그가 불편한 기색을 드러내며 말했다.

덤블도어는 해리에게 미소를 지으며 슬러그혼이 방금 전에 변신했던 것과 별반 다르지 않은 의자를 가리켰다. 다시 타오르기 시작한 벽난로와 밝게 빛나는 기름등잔 바로 옆에 있는 의자였다. 해리는 덤블도어가 분명 어떠한 이유로 그를 최대한 눈에 띄게 만들고 싶어 하는 것 같다고 생각하며 그 의자에 앉았다. 아니나 다를까, 유리병과 유리잔에 정신이 팔렸던 슬러그혼이 다시 방을 향해 돌아섰을 때 그의 시선은 곧장 해리에게 향했다.

"흠." 그는 눈을 다치기라도 할까 봐 두려운 듯 재빨리 시선을 돌렸다. "자……." 그는 앉으라고 하지도 않았는데 이미 자리에 앉아 있던 덤블도어에게 술잔을 건네고 해리에게 쟁반을 떠민 다음, 원래대로 고쳐 놓은 소파 위 쿠션들 사이에 앉아 불만스럽게 입을 꾹 다물었다. 다리가 너무 짧은 탓에 바닥에 닿지도 않았다.

"그래, 어떻게 지냈나, 호러스?" 덤블도어가 물었다.

"그다지 좋지는 않아." 슬러그혼이 곧바로 대답했다. "폐가 약해졌어. 천식 기가 있지. 류머티즘도 왔고. 예전처럼 움직일 수가 없어. 뭐, 다 예상한 일이지. 늙었으니까. 피곤해."

"하지만 이토록 짧은 시간에 그런 환영 인사를 준비한 걸 보면 그래도 꽤 빨리 움직인 것 같은데." 덤블도어가 말했다. "기껏해야 3분 전에 위기 상황을 감지했을 텐데 말이야."

슬러그혼은 짜증과 자랑스러움이 섞인 말투로 대꾸했

다. "2분이었네. 목욕 중이어서 침입 감지 마법이 작동하는 소리를 못 들었어. 그렇긴 해도……." 그는 냉정을 되찾으려는 듯 확고하게 덧붙였다. "내가 늙은이라는 사실에는 변함이 없네, 알버스. 조용하고 안락한 인생을 누릴 권리를 얻은 지친 늙은이 말이야."

방 안을 둘러본 해리는 슬러그혼이 확실히 그런 삶을 살고 있다고 생각했다. 잡동사니로 가득 차 있는 방은 답답한 느낌이 들었지만, 아무도 이곳이 불편하다고 말할 수 없을 듯했다. 곳곳에 푹신푹신한 의자와 발받침, 마실거리와 책, 초콜릿 상자와 빵빵한 쿠션 들이 있었다. 누가 여기에 사는지 몰랐다면 해리는 이 집의 주인이 돈 많고 까다로운 노부인일 거라고 추측했을 것이다.

"아직 나만큼 늙지는 않았잖나, 호러스." 덤블도어가 말했다.

"뭐, 자네도 은퇴를 생각해 봐야 할 것 같은데." 슬러그혼이 직설적으로 말했다. 그의 옅은 초록색 눈이 덤블도어의 다친 손을 바라보았다. "반응 속도가 예전 같지 않아 보이는군."

"자네 말이 맞네." 덤블도어가 평온하게 말했다. 그는 소매를 흔들어 젖히고 화상을 입어 검게 변한 손가락 끝을 드러냈다. 그 모습을 본 해리는 목덜미가 오싹해지는 것을 느꼈다. "분명 예전보다는 느려졌네. 하지만 반면에……."

그는 어깨를 으쓱하더니, 세월이 나름의 보상을 해 주었다고 말하려는 것처럼 두 손을 활짝 펼쳤다. 해리는 덤블도어의 다치지 않은 손에 여태껏 한 번도 본 적 없는 반지가 끼워진 것을 보았다. 그것은 황금 같은 것으로 투박하게 만든 큰 반지로, 가운데에 금이 간 묵직한 검은 돌이 박혀 있었다. 슬러그혼의 눈도 그 반지에 잠깐 머물렀다. 해리는 그가 살짝 얼굴을 찌푸리면서 그의 널찍한 이마에 주름이 잡히는 것을 보았다.

"그러니까, 침입자들에 대비한 이 모든 예방 조치 말이네, 호러스……. 이건 죽음을 먹는 자들 때문인가, 아니면 나 때문인가?" 덤블도어가 물었다.

"죽음을 먹는 자들이 나같이 완전히 고장 난 불쌍하고 어리석은 늙은이한테 무슨 볼일이 있겠나?" 슬러그혼이 물었다.

"나는 그자들이 자네의 엄청난 재능을 강압과 고문, 살인에 이용하고 싶어 할 거라고 생각하네." 덤블도어가 말했다. "정말 그자들이 지금껏 자네를 회유하러 오지 않았다는 얘긴가?"

슬러그혼은 잠시 심술궂은 눈초리로 덤블도어를 쳐다보더니 웅얼거렸다. "내가 그럴 기회를 주지 않았지. 1년 동안 계속 이사를 다녔어. 한 장소에서 1주일 이상 머문 적이 없다네. 이 머글 집에서 저 머글 집으로 옮겨 다녔지. 이 집 주인들은 카나리아 제도로 휴가를 떠났네. 이 집이 꽤 마음에 들어서 떠나고 싶지 않아. 방법만 알면 쉽네. 머글들이 스니코스코프 대신 쓰는 쓸데없는 도난 경보기에 간단한 동결 마법을 걸고, 피아노 들여오는 걸 이웃들이 절대 눈치채지 못하게만 하면 돼."

"기발하군." 덤블도어가 말했다. "하지만 조용한 인생을 추구하는 완전히 고장 난 어리석은 늙은이가 살기에는 피곤한 생존 방식 같은데. 자, 호그와트로 돌아오면……."

"그 지독하게 성가신 학교에서 내 인생이 더 편안해질 거라는 얘기를 할 참이면 말해 봤자 소용없네, 알버스! 숨어 다니긴 했지만 나도 덜로리스 엄브리지가 떠난 뒤로 우스꽝스러운 소문들을 들었거든! 요즘 자네가 교수들을 대하는 방식이 그렇다면……."

"엄브리지 교수는 켄타우로스 무리와 충돌을 일으켰네." 덤블도어가 말했다. "내가 보기에 호러스 자네는 숲으로 성큼성큼 걸어 들어가 화난 켄타우로스 무리를 '더러운 잡종들'이라고 부르지 않을 정도의 분별력은 갖추고 있을 것 같은데."

"그 여자가 그랬다고?" 슬러그혼이 말했다. "멍청한 여자로군. 마음에 드는 구석이 하나도 없다니까."

해리가 키득거리자 덤블도어와 슬러그혼 모두 그를 돌아보았다.

"죄송합니다." 해리가 재빨리 말했다. "그냥…… 저도 그 교수님이 마음에 들지 않아서요."

덤블도어가 갑자기 일어섰다.

"가려고?" 슬러그혼이 기대에 찬 표정으로 즉시 물었다.

"아닐세, 화장실을 좀 쓸까 해서 말이야." 덤블도어가 말했다.

"아." 슬러그혼이 대놓고 실망하며 말했다. "복도를 따라가다가 왼쪽 두 번째 방이네."

덤블도어는 방을 가로질러 갔다. 그가 문을 닫고 나가자 침묵이 내려앉았다. 잠시 후 슬러그혼은 자리에서 일어났지만 뭘 어떻게 해야 할지 모르는 것 같았다. 그는 해리에게 슬쩍 눈길을 던지고 벽난로로 성큼성큼 걸어갔다. 그러고는 등을 돌린 채 넓적한 궁둥이를 덥혔다.

"저 친구가 널 데려온 꿍꿍이를 내가 모를 거라고 생각

말아라." 그가 불쑥 말했다.

해리는 슬러그혼을 쳐다보기만 했다. 슬러그혼의 축축한 시선이 해리의 흉터 위로 미끄러지더니 곧이어 그의 얼굴 전체를 살펴보기 시작했다.

"네 아버지와 많이 닮았구나."

"네, 그렇다고 들었어요." 해리가 말했다.

"눈만 빼고. 눈은……."

"엄마를 닮았죠. 네." 해리는 이 말을 너무 자주 들어서 살짝 지겨울 정도였다.

"흠, 그래. 물론 선생이 학생을 편애해서는 안 되겠지만, 그 애는 내가 가장 좋아하는 학생이었다. 네 어머니 말이야." 슬러그혼이 해리의 궁금해하는 눈길에 대답하듯 덧붙였다. "릴리 에번스. 내가 가르쳤던 학생 중 가장 총명한 아이였어. 명랑하고 매력적인 아이였지. 나는 릴리한테 우리 기숙사에 들어왔어야 한다고 자주 얘기했단다. 그럴 때마다 아주 당찬 대답을 돌려받았지만 말이야."

"교수님은 무슨 기숙사셨는데요?"

"나는 슬리데린 담임 교수였다." 슬러그혼이 말했다. "아, 이런이런." 그는 해리의 얼굴에 떠오른 표정을 보고 짤막한 손가락을 흔들며 재빨리 말을 이었다. "그것 때문에 날 나쁘게 생각하지는 말거라! 너도 에번스처럼 그리핀도르겠지? 그래, 가족은 보통 같은 기숙사에 들어가니까. 하지만 늘 그런 건 아니야. 시리우스 블랙 얘기 들어 본 적이 있느냐? 틀림없이 들어 봤겠지. 지난 몇 년 동안 계속 신문에 났으니까. 그 애가 몇 주 전에 죽었는데……."

보이지 않는 손이 해리의 가슴속을 꽉 죄는 것만 같았다.

"어쨌든 그 녀석은 학창 시절 네 아버지와 아주 친한 친구였다. 블랙 가문은 모두 내 기숙사 소속이었는데 시리우스는 결국 그리핀도르에 들어갔지! 안타까운 일이야, 재능이 넘치는 아이였는데. 그 녀석의 동생인 레귤러스는 입학해서 우리 기숙사 소속이 됐지만, 형제가 함께였다면 더 좋았을 거다."

경매에서 이기지 못한 열정적인 수집가 같은 말투였다. 그는 추억에 잠긴 얼굴로 맞은편 벽을 응시하며, 양쪽 궁둥이에 골고루 불을 쬐기 위해 제자리에서 천천히 몸을 돌렸다.

"물론, 너희 어머니는 머글 태생이었지. 그 사실을 알고 믿을 수가 없었단다. 실력이 워낙 뛰어나서 분명 순수 혈통일 거라고 생각했거든."

"제 단짝 친구 중에도 머글 태생이 있어요." 해리가 말했다. "그 아이는 우리 학년 수석이에요."

"가끔 그런 일이 일어나는 게 참 이상하지?" 슬러그혼이 물었다.

"별로 안 이상한데요." 해리가 차갑게 대꾸했다.

슬러그혼은 깜짝 놀라서 그를 내려다보았다.

"내가 편견을 갖고 있다고 생각하진 마라!" 그가 말했다. "아니다, 아니, 아니야! 방금 너희 어머니가 내 평생 가장 아꼈던 학생 중 하나라고 말하지 않았니? 그리고 너희 어머니보다 한 학년 아래 더크 크레스웰도 있었어. 지금은 고블린 교섭과 과장이란다. 물론 그 아이도 머글 태생이지만 아주 재능이 뛰어난 학생이었지. 지금까지도 내게 귀중한 그린고츠 내부 정보를 전해 주고 있어!"

그는 만족스러운 듯 미소 지으며 폴짝 뛰더니 서랍장 위에 놓인 수많은 번쩍거리는 액자들을 가리켰다. 액자마다 조그만 사람들이 가득 찬 채 움직이고 있었다.

"모두 내 예전 제자들이다. 전부 친필 사인이 되어 있지. 《예언자일보》 편집자 바너버스 커프도 있다. 이 녀석은 항상 그날 기사에 대한 내 의견을 듣고 싶어 하지. 허니듀크스에서 일하는 암브로시우스 플룸은 매년 내 생일 때마다 선물 바구니를 보내. 내가 그 녀석을 시서론 하키스한테 소개해 줬기 때문이란다. 그 친구가 플룸에게 첫 일자리를 줬거든! 그리고 저 뒷줄에, 목을 좀 빼면 보일 거다. 저 아이는 그웨녹 존스야. 홀리헤드 하피스 팀의 주장이지. 사람들은 내가 하피스 주장과 허물없이 지내는 사이라는 얘기를 들으면 항상 놀라더구나. 게다가 난 원할 때마다 공짜 표도 얻을 수 있어!"

그 생각을 하자 그는 기분이 엄청나게 좋아지는 듯했다.

"그럼 이 사람들은 모두 교수님이 어디 계신지 아는 건가요?" 해리가 물었다. 과자 바구니나 퀴디치 경기 입장권을 보내 주거나 조언과 의견을 듣고 싶어 안달 난 이들이 찾을 수 있는데 왜 죽음을 먹는 자들은 아직껏 그를 찾지 못했는지 해리는 도통 이해할 수가 없었다.

슬러그혼의 얼굴에 떠오른 미소가 벽에 얼룩졌던 핏자국만큼이나 순식간에 사라졌다.

"물론 아니다." 그가 해리를 내려다보며 말했다. "1년 동안 모두와 연락을 끊고 지냈어."

해리는 자신의 말이 슬러그혼에게 충격을 준 것 같다고 느꼈다. 슬러그혼은 잠깐 무척 동요하는 것 같더니 곧 어깨를 으쓱했다.

"그렇더라도…… 신중한 마법사라면 이런 시기일수록

머리를 바짝 낮추고 있는 법이지. 덤블도어가 마음대로 떠들어 대는 거야 상관없지만, 하필 지금 호그와트에서 교직을 맡는다면 내가 불사조 기사단과 연관되어 있다고 공언하는 셈이거든! 분명 기사단 사람들은 존경할 만하고 용감하고 뭐 그렇겠지만, 개인적으로 나는 기사단의 사망률이 마음에 안 들……."

"호그와트 교수님이 된다고 꼭 기사단에 가입해야 하는 건 아닌데요." 해리가 조롱하는 기색을 감추지 못한 목소리로 말했다. 동굴에 숨어서 쥐를 먹고 살았던 시리우스가 떠오르자, 제 목숨 하나 부지하겠다고 전전긍긍하는 슬러그혼의 생존 방식에 공감하기가 어려웠다. "교수님들은 대부분 기사단 소속이 아니고, 목숨을 잃은 분들도 없어요. 뭐, 퀴럴을 빼면요. 그자는 볼드모트 편에서 일했으니까 그런 일을 당해도 싸죠."

해리는 슬러그혼이 볼드모트의 이름을 소리 내어 말하는 것을 참지 못하는 마법사일 거라고 확신했고, 역시 그 짐작은 틀리지 않았다. 슬러그혼은 부들부들 떨면서 항의하듯 꽥꽥댔지만 해리는 그런 그를 무시했다.

"덤블도어 교수님이 교장으로 계시는 한 호그와트 교수님들은 누구보다도 안전하다고 생각해요. 볼드모트가 두

러워하는 유일한 사람이 그분이라면서요?" 그가 말했다.

슬러그혼은 잠시 허공을 응시했다. 해리의 말을 곱씹어 보는 듯했다.

"뭐, 그래. 이름을 말해서는 안 되는 그 사람이 덤블도 어와는 단 한 번도 싸우려 들지 않은 건 사실이다." 그는 마지못해 웅얼거렸다. "그리고 내가 죽음을 먹는 자들에 게 가담하지 않았으니, 이름을 말해서는 안 되는 그 사람 이 나를 친구로 여긴다고 말할 수도 없겠지……. 그렇다 면 알버스 곁에 있는 편이 안전할지도 모르겠군……. 어 밀리아 본즈의 죽음에 충격을 받지 않은 척할 수는 없겠 지……. 만약 본즈가 정부 쪽 연줄과 보호망을 모두 갖추 고서도……."

덤블도어가 돌아오자 슬러그혼은 그가 집 안에 있었다 는 사실을 깜빡한 사람처럼 깜짝 놀라 펄쩍 뛰었다.

"아, 왔나, 알버스." 그가 말했다. "오래 걸렸군. 배탈이 라도 났나?"

"아니, 머글 잡지를 좀 읽고 있었네." 덤블도어가 말했 다. "손뜨개 무늬를 정말 좋아하거든. 자, 해리. 우리가 호 러스의 호의를 믿고 시간을 너무 많이 빼앗은 것 같으니 그만 가자꾸나."

그 말이 조금도 아쉽지 않았던 해리는 주저하지 않고 벌떡 일어섰다. 슬러그혼이 놀란 표정을 지었다.

"가려고?"

"그래, 가네. 가망 없는 일은 딱 보면 알 수 있으니까."

"가망이 없다고……?"

슬러그혼은 마음이 흔들리는 것 같았다. 그는 덤블도어가 여행용 망토를 여미고 해리가 재킷 지퍼를 채우는 모습을 초조하게 지켜보며 통통한 엄지손가락을 배배 꼬았다.

"자네가 이 자리를 원하지 않는다니 유감이네, 호러스."

덤블도어가 다치지 않은 손을 들어 작별 인사를 건넸다. "자네가 돌아오면 호그와트가 굉장히 환영해 주었을 텐데 말이야. 보안 조치가 강화되기는 했지만, 자네가 방문하고 싶다면 언제든 환영이네."

"그래…… 뭐…… 아주 친절한 얘기로군……. 그러니까……."

"그럼, 잘 있게나."

"안녕히 계세요." 해리가 말했다.

그들이 현관문에 이르렀을 때 등 뒤에서 슬러그혼이 외치는 소리가 들려왔다.

"알겠네, 알겠어, 하겠네!"

덤블도어는 뒤돌아서서, 거실 문간에 숨을 헐떡이며 서 있는 슬러그혼을 바라보았다.

"은퇴 생활을 그만두겠다는 말인가?"

"그래, 그래." 슬러그혼이 다급히 내뱉었다. "내가 미쳤나 싶지만, 그렇다네."

"잘됐군." 덤블도어가 활짝 웃으며 말했다. "그럼, 호러스. 9월 1일에 만나세."

"그래, 그렇게 될 것 같군." 슬러그혼이 투덜거렸다.

정원 길을 걸어가는데 뒤에서 슬러그혼의 목소리가 들려왔다.

"급료 올려 줘야 해, 덤블도어!"

덤블도어가 빙그레 웃었다. 그들이 나가자 대문이 홱 닫혔다. 해리와 덤블도어는 안개가 소용돌이치는 어둠을 뚫고 언덕을 내려갔다.

"잘했다, 해리." 덤블도어가 말했다.

"전 아무것도 안 했는데요." 해리가 놀라서 말했다.

"아니, 잘 해냈어. 너는 호러스에게 호그와트로 돌아가면 얼마나 많은 것들을 얻게 되는지 정확하게 알려 줬다. 저 사람이 마음에 들더냐?"

"어……."

해리는 슬러그혼이 좋은지 싫은지 판단이 서지 않았다. 슬러그혼은 나름대로 유쾌한 사람인 것 같았지만 동시에 허세가 있어 보였고, 말로는 아니라지만 머글 태생이 훌륭한 마법사가 될 수 있다는 사실에 대해서도 지나치게 놀라워하는 것 같았다.

"호러스는……" 덤블도어가 입을 연 덕분에 해리는 이런 얘기를 해야 하는 부담을 덜 수 있었다. "편안한 삶을 선호한단다. 유명한 사람들, 성공한 사람들, 힘 있는 사람들과 함께하는 걸 좋아하지. 자기가 그런 사람들에게 영향력을 발휘한다는 사실 또한 즐긴단다. 직접 왕좌를 차지하고 싶어 한 적은 한 번도 없었어. 언제나 뒷자리를 좋아했지. 다리 뻗을 공간이 더 많으니까. 호그와트에서는 총애하는 제자를 직접 몇 명씩 뽑곤 했단다. 어떨 때는 그 아이들의 야심이나 영리함을 봤고, 어떨 때는 매력이나 재능으로 판단했지. 호러스에게는 다양한 분야에서 두각을 나타낼 학생들을 고르는 묘한 재주가 있어. 호러스는 자신을 중심으로 총애하는 제자들로 이루어진 클럽 비슷한 것을 만들어서 서로를 소개해 주고 그들 사이에 유용한 연락망을 구축했지. 그리고 그 보답으로 늘 혜택을 누려 왔단다. 호러스가 가장 좋아하는 설탕에 절인 파인애플 한 상자를 공짜로 얻는다든가, 고블린 교섭과의 다음 신입 직원을 추천할 기회를 갖는다든가 하는 식으로 말이다."

해리의 머릿속에 문득 사방에 거미줄을 쳐 놓고 이쪽저쪽으로 실을 잡아당겨서 큼직하고 즙이 많은 파리들을 자기 쪽으로 조금씩 끌어당기는 통통하게 살이 찐 커다란 거미의 이미지가 생생하게 떠올랐다.

"내가 이런 얘기를 너에게 숨김없이 해 주는 건……." 덤블도어가 말을 이었다. "네가 호러스에게 반감을 갖게 하기 위해서가 아니다. 아니, 이제 슬러그혼 교수님이라고 불러야겠구나. 그저 조심하라는 거야. 슬러그혼 교수는 틀림없이 너를 포섭하려 들 게다, 해리. 너는 슬러그혼이 끌어들인 학생들 중에서도 귀중한 보석일 테니까. 살아남은 아이…… 아니, 요즘 사람들이 하는 말로 하면 '선택받은 자'가 되겠구나."

이 말을 듣자, 주위에 맴도는 안개와는 또 다른 싸늘한 기운이 해리를 슬금슬금 덮쳤다. 그는 몇 주 전에 들었던, 소름 끼치면서도 그에게는 특별한 의미가 있는 말을 떠올렸다.

'한쪽이 살아 있는 한 다른 쪽은 온전히 살 수 없나니…….'

덤블도어는 앞서 지나쳤던 교회 앞에서 걸음을 멈췄다.

"이제 됐다, 해리. 내 팔을 잡아라."

이번에는 해리도 몸과 마음을 가다듬고 순간이동에 대비했지만 불쾌한 기분은 여전했다. 압박이 사라지고 어느새 다시 숨 쉴 수 있게 됐을 때 그는 어느 시골길에 덤블도어와 나란히 서서 그가 세상에서 두 번째로 좋아하는 건물인 버로의 구부정한 실루엣을 바라보고 있었다. 방금 그를 휩쓸고 지나간 공포감에도, 버로를 보자 별수 없이 기분이 좋아졌다. 론이 저기에 있었다……. 그 누구보다도 맛있는 음식을 만드는 위즐리 부인도…….

"해리, 괜찮다면……." 대문을 지나면서 덤블도어가 입을 열었다. "헤어지기 전에 몇 마디 나눴으면 싶구나. 둘이서만 말이다. 여기서 얘기하면 어떨까?"

덤블도어는 위즐리 가족이 빗자루를 보관하는, 돌로 만든 허름한 창고를 가리켰다. 해리는 살짝 어리둥절해하며 덤블도어를 따라 삐걱거리는 문을 지나 보통 벽장보다도 더 좁은 곳으로 들어갔다. 덤블도어는 마법 지팡이 끝을 횃불처럼 밝히고 해리를 내려다보며 미소 지었다.

"이런 얘기를 하더라도 용서해 주었으면 한다, 해리. 다만 나는 네가 정부에서 그런 일들을 겪고도 잘 지내고 있는 게 기쁘고 조금 사랑스럽기도 하단다. 이런 말을 해도 될지 모르겠지만 시리우스도 너를 자랑스럽게 여겼을 게다."

해리는 침을 삼켰다. 목소리가 나오지 않았다. 시리우스 얘기는 견딜 수 없을 것 같았다. 버넌 이모부가 "얘 대부가 죽었소?"라고 묻는 소리를 들었던 것만으로도 충분히 고통스러웠다. 슬러그혼이 아무렇지도 않게 시리우스의 이름을 내뱉었을 땐 더욱 그랬다.

"잔인한 일이었지." 덤블도어가 부드럽게 말했다. "너와 시리우스가 보낸 시간이 그렇게 짧았다는 것 말이다. 오랫동안 행복했어야 할 관계가 잔혹하게 끝나 버렸으니."

해리는 고개를 끄덕였다. 그의 두 눈은 덤블도어의 모자를 기어오르는 거미에게 붙박여 있었다. 해리는 덤블도어가 이해했다는 것을 알 수 있었다. 덤블도어는 편지가 도착하기 전까지 해리가 더즐리네 집 침대에 누워 끼니를 거르고, 안개가 자욱한 날에는 디멘터를 떠올리게 하는 싸늘한 공허함이 가득한 창문을 뚫어지게 바라보고 있었다는 것까지 짐작했을지 모른다.

"힘들어요." 마침내 해리가 가라앉은 목소리로 입을 열었다. "다시는 시리우스에게서 편지를 받을 수 없다는 것을 받아들이기가요."

눈시울이 뜨겁게 달아올랐다. 해리는 눈을 깜빡였다. 그 사실을 인정하는 것이 어리석게 느껴졌다. 하지만 그에게 무슨 일이 일어나는지 관심 가져 주는 사람, 호그와트가 아닌 곳에 부모님 같은 사람이 있었다는 사실은 대부의 존재를 알게 된 후 가장 좋은 일이었다……. 이제 우편 부엉이들은 두 번 다시 그런 위안을 가져다주지 못할 것이다.

"시리우스는 네가 알지 못했던 아주 많은 것을 대표하는 사람이었다." 덤블도어가 부드럽게 말했다. "그런 사람을 잃었으니 당연히 충격이 엄청날……."

"하지만 더즐리네 있는 동안……." 해리가 높아진 목소리로 그의 말을 끊었다. "저는 마음을 닫거나 그냥 무너져선 안 된다는 것을 깨달았어요. 시리우스는 그런 걸 바라지 않을 거예요. 안 그런가요? 그리고 아무튼 인생은 너무 짧으니까요……. 본즈 장관님을 보세요. 에멀린 밴스도 그렇고요……. 다음번은 제 차례일 수도 있잖아요? 정말로 그렇다면……." 그는 마법 지팡이 불빛을 받아 빛나고 있는 덤블도어의 푸른 눈을 똑바로 바라보며 맹렬하게 말했다. "저는 반드시 죽음을 먹는 자들을 최대한 많이 데려갈 거예요. 할 수만 있다면 볼드모트까지요."

"과연 네 부모님의 아들이자 시리우스의 진정한 대자다

운 말이구나!" 덤블도어가 대견하다는 듯 해리의 등을 두 드리며 말했다. "모자라도 벗어서 네게 존경을 표하고 싶 다. 너에게 거미들을 쏟아부으면 어쩌나 하는 걱정만 없었 다면 정말 그랬을 거야. 그리고 해리, 그것과 아주 밀접하 게 관련된 이야기인데…… 네가 지난 2주 동안 《예언자일 보》를 받아 봤다고 아는데?"

"네." 해리가 말했다. 그의 심장이 조금 더 빠르게 뛰었다.

"그러면 예언의 방에서 있었던 네 모험에 관한 소문들이 홍수처럼 쏟아졌다는 걸 알고 있겠구나?"

"네." 해리가 다시 말했다. "이제는 다들 제가 그……."

"아니, 그렇지 않다." 덤블도어가 그의 말을 끊었다. "너 와 볼드모트 경이 관련된 그 예언의 내용을 완전히 아는 사람은 세상에 단둘뿐이다. 그리고 그 둘은 지금 이 냄새 나고 거미 천지인 빗자루 창고에 서 있지. 물론 많은 사람 이 볼드모트가 예언을 훔치기 위해 죽음을 먹는 자들을 보 냈고, 또 그 예언이 너와 관련돼 있다는 걸 제대로 추측해 내긴 했다. 자, 나는 네가 어느 누구에게도 예언의 내용을 말하지 않았다고 생각하는데, 맞니?"

"네." 해리가 말했다.

"전적으로 현명한 판단이었다." 덤블도어가 말했다. "물론 나는 네 친구 로널드 위즐리 군과 헤르미온느 그레인저 양에게는 이 문제를 솔직히 털어놓아야 한다고 생각한다만. 그래……." 해리가 어리둥절한 표정을 짓자 그가 말을 이었다. "나는 두 사람이 알아야 한다고 생각한다. 이렇게 중요한 일을 그 두 사람에게 털어놓지 않는 건 폐를 끼치는 것과 같단다."

"제가 말하지 않은 건……."

"두 사람이 걱정하거나 겁먹을까 봐 그랬겠지?" 덤블도어가 반달 안경 위로 해리를 바라보며 말했다. "아니면 혹시, 너 자신이 걱정하고 겁먹었다는 걸 들킬까 봐 그랬던게냐? 네게는 친구들이 필요하다, 해리. 네 말이 맞아, 시리우스는 네가 마음을 닫아 버리는 걸 바라지 않을 게다."

해리는 아무 말도 하지 않았지만 덤블도어는 대답을 요구하는 것이 아닌 듯했다. 그가 말을 이었다. "이 문제와 관련해서 조금 다른 이야기를 하자면, 나는 올해 너에게 개인 수업을 해 주고 싶단다."

"개인 수업…… 교수님이랑요?" 말없이 생각에 잠겨 있던 해리가 놀라서 물었다.

"그래. 내가 네 교육에 좀 더 관여해야 할 시간이 온 것 같다."

"뭘 가르쳐 주실 건가요, 교수님?"

"아, 이것저것 조금씩 가르쳐 주마." 덤블도어가 대수롭지 않다는 듯 말했다.

해리는 기대에 차서 이어질 말을 기다렸지만, 덤블도어는 더 이상 자세한 설명을 해 주지 않았다. 그래서 해리는 약간 마음이 쓰이던 다른 것에 대해 묻기로 했다.

"교수님과 수업을 한다면, 스네이프한테 오클루먼시를 배울 필요가 없겠네요?"

"스네이프 교수님이라고 해야지, 해리. ……그래, 그럴 필요는 없다."

"잘됐네요." 해리가 안심하며 말했다 "왜냐면 그 수업들은……."

그는 솔직한 생각을 내뱉게 될까 봐 입을 다물었다.

"'개판'이라는 단어가 잘 어울릴 것 같구나." 덤블도어가 고개를 끄덕이며 말했다.

해리는 웃었다.

"그럼 이제부터 스네이프 교수님을 별로 볼 필요가 없겠네요." 그가 말했다. "제가 O.W.L.에서 '출중함'을 받지 않는 한 마법약을 계속 듣지 못하게 할 텐데, 전 확실히 그 점수를 못 받을 테니까요."

"도착하기 전에는 부엉이를 세어 보지 말라는 얘기가 있지." 덤블도어가 진지하게 말했다. "그러고 보니 오늘 늦게 부엉이가 성적표를 갖고 도착하겠구나. 자, 헤어지기 전에 두 가지를 더 이야기하마. 첫째, 이 순간 이후로 항상 투명 망토를 지니고 다니기를 바란다. 호그와트에 있을 때도 말이다. 만약을 대비해서야. 내 말 이해했느냐?"

해리는 고개를 끄덕였다.

"그리고 마지막으로, 네가 여기에 머무는 동안 버로에는 마법 정부가 취할 수 있는 최고 수준의 보안 조치가 내려질 거다. 이런 조치 때문에 아서와 몰리는 수많은 불편을 감수해야 한단다. 이를테면 그들에게 온 우편물은 모두 마법 정부의 검열을 거치고 있지. 두 사람은 오직 네 안전에만 신경 쓸 뿐 전혀 개의치 않아. 그런데 네가 여기 머무는 동안 목숨이 위험할 수 있는 행동을 한다면 그건 그들의 은혜에 대한 형편없는 보답이 될 거다."

"알겠습니다." 해리가 재빨리 말했다.

"아주 좋다." 덤블도어가 빗자루 창고 문을 열고 마당으로 걸어 나가며 말했다. "부엌에 불빛이 보이는구나. 빨리 들어가서 몰리에게 네가 얼마나 말랐는지 한탄할 기회를 주자꾸나."

5장
플뢰르가 너무해

해리와 덤블도어는 버로의 뒷문으로 다가갔다. 주위에는 낡은 장화와 녹슨 솥단지들이 익숙한 모습으로 어질러져 있었다. 멀리 떨어진 닭장에서 졸린 닭들이 꼬꼬댁하고 우는 소리가 들렸다. 덤블도어가 문을 세 번 두드리자 부엌 창문 뒤에서 갑작스럽게 움직이는 모습들이 보였다.

"누구세요?" 긴장한 목소리가 물었다. 해리는 그 목소리의 주인공이 위즐리 부인이라는 사실을 알아차렸다. "이름을 밝혀요!"

"날세, 덤블도어. 해리를 데리고 왔네."

곧바로 문이 열렸다. 작고 통통한 위즐리 부인이 낡은 초록색 가운을 입고 서 있었다.

"해리, 얘야! 세상에, 교수님. 놀랐잖아요, 아침이 되어야 도착할 것 같다고 하셨으면서!"

"운이 좋았네." 덤블도어가 해리를 안으로 들여보내며 말했다. "슬러그혼을 설득하는 일이 생각했던 것보다 수월했네. 물론 해리 덕분이지만. 아, 잘 있었나, 님파도라!"

해리는 주위를 둘러보았다. 늦은 시간이었지만 위즐리 부인 혼자만 있는 게 아니었다. 창백하고 갸름한 얼굴에 칙칙한 갈색 머리카락을 가진 젊은 여자 마법사가 양손으로 커다란 머그잔을 쥔 채 탁자에 앉아 있었다.

"안녕하세요, 교수님." 그녀가 말했다. "어이, 해리."

"안녕하세요, 통스."

해리는 그녀가 핼쑥해 보인다고 생각했다. 심지어 아파 보이기까지 했다. 미소도 왠지 억지스러웠다. 늘 하고 다니던 풍선껌 같은 분홍색 머리카락이 없으니 평소보다 외모가 덜 다채로워 보였다.

"전 이만 가 볼게요." 그녀가 일어나서 어깨에 망토를 두르며 말했다. "몰리, 차 잘 마셨어요. 위로도 고맙고요."

"나 때문이라면 일어설 필요 없네." 덤블도어가 점잖게 말했다. "난 오래 있을 수 없으니까. 루퍼스 스크림저와 긴급하게 의논해야 할 문제가 있거든."

"아뇨, 아뇨. 저도 가 봐야 해요." 통스가 덤블도어의 눈길을 피하며 말했다. "안녕히……."

"통스, 주말에 저녁 먹으러 오지 그래? 리머스랑 매드아이도 올 텐데……."

"아니에요, 진짜 괜찮아요, 몰리……. 어쨌든 고마워요……. 다들 안녕히 계세요."

통스는 다급히 덤블도어와 해리 곁을 지나 마당으로 나갔다. 현관 계단을 내려가 몇 걸음 걸어간 그녀는 제자리에서 빙글 돌며 허공으로 사라졌다. 해리가 보니 위즐리 부인은 걱정하는 표정을 짓고 있었다.

"그럼, 호그와트에서 보자꾸나, 해리." 덤블도어가 말했다. "몸조심하거라. 몰리, 난 이만 가 보겠네."

그는 위즐리 부인에게 살짝 허리를 숙이더니 통스에 뒤이어 그녀와 정확히 같은 자리에서 사라졌다. 위즐리 부인은 텅 빈 마당으로 이어지는 문을 닫은 다음 해리의 어깨에 손을 얹고 식탁 위의 등잔불 빛이 환하게 비치는 곳으로 그를 데려가 살펴보았다.

"너도 론이랑 똑같구나." 그녀가 그를 아래위로 훑어보며 한숨을 쉬었다. "너희 둘 다 늘리기 저주에 걸린 것 같다. 론은 지난번 학교 로브를 사 준 이후로 틀림없이 10센

티미터는 더 컸을 거야. 배고프니, 해리?"

"네, 배고파요." 해리는 문득 얼마나 배고픈지 깨달았다.

"암으렴, 애야. 금방 뭘 좀 만들어 주마."

해리가 자리에 앉자 얼굴이 찌부러진 적갈색 털북숭이 고양이가 무릎 위에 폴짝 뛰어올라 앉더니 가르랑거렸다.

"헤르미온느도 여기 있어요?" 그가 크룩섕스의 귀 뒤를 긁어 주며 반가운 목소리로 물었다.

"오, 그래. 그저께 도착했단다." 위즐리 부인이 마법 지팡이로 커다란 무쇠 냄비를 두드리며 말했다. 냄비는 요란한 땡그랑 소리를 내며 스토브 위로 펄쩍 뛰어오르더니 순식간에 끓기 시작했다. "당연히 다들 자고 있지. 네가 몇 시간 후에나 올 줄 알았거든. 자……."

그녀가 다시 냄비를 두드리자 냄비는 공중으로 떠올라 해리를 향해 날아오더니 앞으로 기울어졌다. 위즐리 부인이 제때 그릇을 받쳐 김이 모락모락 나는 걸쭉한 양파 수프를 받았다.

"빵 좀 줄까, 애야?"

"고맙습니다, 아줌마."

그녀가 어깨 너머로 마법 지팡이를 휘두르자 빵 덩어리와 나이프가 우아하게 식탁으로 날아왔다. 빵 덩어리가 저절로 썰리고 수프 냄비가 스토브에 다시 내려앉는 동안 위즐리 부인이 그의 맞은편에 앉았다.

"그러니까 네가 호러스 슬러그혼 교수님이 그 자리를 받아들이도록 설득했다는 거니?"

해리는 고개를 끄덕였다. 입안 가득 뜨거운 수프를 물고 있어서 말을 할 수가 없었다.

"슬러그혼 교수님은 아서와 나를 가르치셨단다." 위즐리 부인이 말했다. "아주 오랫동안 호그와트에 계셨지. 아마 덤블도어 교수님과 비슷한 시기에 가르치기 시작하셨을걸? 그분이 마음에 들었니?"

이제는 입안이 빵으로 가득해서 해리는 어깨만 으쓱하고 애매하게 머리를 까딱거렸다.

"무슨 뜻인지 알아." 위즐리 부인이 현명하게 고개를 끄덕이며 말했다. "그분은 마음만 먹으면 매력적인 사람이 될 수 있었지만, 아서는 한 번도 그분을 좋아한 적이 없단다. 마법 정부에는 그분이 총애하던 옛 제자들이 깔려 있어. 그분은 항상 뒤에서 밀어주는 일을 잘했지. 하지만 아서한테는 그다지 시간을 내준 적이 없단다. 아서한테 야심이 별로 없다고 생각하는 것 같았어. 뭐, 그러니까 슬러그혼 교수 같은 사람도 가끔 실수를 한다는 게 증명되는 셈이지. 론이 편지로 얘기해 줬는지 모르겠다만…… 바로 얼마 전에 있었던 일이거든. 그러니까, 아서가 승진했단다!"

위즐리 부인은 이 말을 하고 싶어서 조바심이 나 있던 것이 틀림없었다. 해리는 데일 듯이 뜨거운 수프를 한꺼번에 삼키느라 목구멍에 물집이 생기는 것 같았다.

"정말 잘됐네요!" 그가 숨도 제대로 쉬지 못하고 말했다.

"착하기도 하지." 위즐리 부인이 활짝 웃었다. 그녀는 해리의 눈에 눈물이 맺힌 이유가 이 소식을 듣고 감정이 북받쳤기 때문이라고 생각하는 듯했다. "그래, 루퍼스 스크림저 총리가 현 상황에 대처하려고 새로운 부서를 몇 개 만들었는데, 아서는 그중 위조 방어 주문 및 보호 용품 통제 관리과를 이끌게 됐어. 굉장한 자리란다. 이제 아서 밑에서 일하는 사람이 열 명이나 돼!"

"정확히 무슨……?"

"음, 그게 말이지, '그 사람' 때문에 모두 겁에 질려 있다 보니 갑자기 도처에서 이상한 물건들이 팔리고 있거든. '그 사람'과 죽음을 먹는 자들을 막아 준다는 물건들 말이야. 어떤 것들인지 대충 짐작이 가지? 명울초 고름을 조금 섞은 그레이비 소스를 보호용 마법약이라면서 팔지를 않나, 귀가 떨어지는 마법을 방어용 저주라고 속이질 않나…… 뭐, 범인들은 대부분 먼덩거스 플레처 같은 작자들이야. 살면서 단 하루도 정직한 일이라고는 해 본 적이 없고, 모두가 겁에 질린 이 기회를 이용해 먹으려는 사람들 말이지. 하지만 가끔씩 정말 위험한 게 나타나기도 해. 지난번에는 아서가 저주에 걸린 스니코스코프 한 상자를 압수했는데, 그건 죽음을 먹는 자의 소행이 거의 확실했단다. 그러니까 이게 얼마나 중요한 일인지 너도 알겠지. 난 아서한테 점화 플러그니 토스트 기계니 그 온갖 머글 쓰레기를 다루던 일을 그리워하는 건 참으로 멍청한 짓이라고 말해 주고 있단다." 위즐리 부인은 단호한 표정으로 일장 연설을 마쳤다. 마치 해리가 점화 플러그를 그리워하는 게 당연하다고 말하기라도 한 것처럼.

"위즐리 아저씨는 아직 회사에 계세요?" 해리가 물었다.

"그래, 그렇단다. 솔직히 조금 늦는구나. 자정 무렵에는 올 거라고 했는데……."

그녀는 고개를 돌려 식탁 끝을 바라보았다. 빨래 바구니 속 이불 더미 맨 위에 웬 커다란 시계가 생뚱맞게 얹혀 있었다. 해리는 그 시계를 단번에 알아보았다. 아홉 개의 시곗바늘 각각에 가족의 이름이 쓰여 있는 시계였다. 평소 그 시계는 위즐리네 집 거실에 걸려 있었지만, 지금 저곳에 놓여 있는 것을 보니 위즐리 부인에게 집 안 어디를 가든 그 시계를 가지고 다니는 습관이 생긴 모양이었다. 아홉 개의 바늘은 모두 '치명적 위험'을 가리키고 있었다.

"저 상태가 된 지 벌써 꽤 됐어." 위즐리 부인이 애써 태연한 척 말했다. "'그 사람'이 공개적으로 모습을 드러낸 뒤로 말이야. 지금은 모두가 치명적인 위험 상태에 놓여 있는 거겠지……. 우리 가족만의 문제라고는 생각하지 않는단다. 하지만 또 누가 이런 시계를 갖고 있는지 모르니까 확인할 수는 없지. 아!"

그녀가 갑자기 탄식하며 시계를 가리켰다. 위즐리 씨의 바늘이 '이동 중'으로 바뀌어 있었던 것이다.

"아서가 오고 있네!"

과연, 잠시 뒤 뒷문을 두드리는 소리가 들렸다. 위즐리 부인이 벌떡 일어나 다급히 문으로 다가갔다. 그녀가 한 손은 문손잡이에 올려놓고 얼굴을 문에 바짝 갖다 댄 채 조용히 물었다. "아서, 당신이야?"

"응." 위즐리 씨의 지친 목소리가 들려왔다. "하지만 죽음을 먹는 자라도 이렇게 말했겠지. 질문을 해 봐!"

"아, 정말……."

"몰리!"

"알았어, 알았어……. 당신의 가장 큰 꿈은?"

"비행기가 공중에 떠 있는 방법을 알아내는 것."

위즐리 부인은 고개를 끄덕이고 문손잡이를 돌렸다. 하지만 문이 여전히 단단히 닫혀 있는 걸 보면 위즐리 씨가 반대편에서 문손잡이를 꽉 잡고 있는 게 틀림없었다.

"몰리! 문 열기 전에 나도 질문을 해야지!"

"아서, 나 참, 이런 바보 같은……."

"우리 단둘일 때 내가 불러 줬으면 하는 이름은?"

어슴푸레한 등불 빛만으로도 해리는 위즐리 부인의 얼굴이 새빨갛게 물드는 것을 똑똑히 볼 수 있었다. 해리도 귀와 목이 갑자기 화끈거렸다. 그는 최대한 큰 소리가 나도록 일부러 그릇에 숟가락을 부딪치면서 황급히 수프를 떠먹었다.

"살랑살랑 몰리." 위즐리 부인이 창피해하며 문틈에 대고 속삭였다.

"맞았어." 위즐리 씨가 말했다. "이제 나를 들여보내 줘도 돼."

위즐리 부인이 문을 열자 그녀의 남편이 모습을 드러냈다. 홀쭉하고 벗어져 가는 빨간 머리카락에 뿔테 안경을 끼고 먼지투성이 긴 여행용 망토를 입은 마법사였다.

"왜 당신이 집에 올 때마다 이런 짓을 해야 하는지 아직도 모르겠네." 위즐리 부인이 말했다. 남편이 망토를 벗는 걸 도와주면서도 그녀의 얼굴은 여전히 분홍빛을 띠고 있었다. "내 말은, 죽음을 먹는 자라면 정답을 강제로 알아낸 다음에 당신인 척할 거 아냐!"

"나도 알아, 여보. 하지만 정부 지침이야. 내가 모범을 보여야지. 좋은 냄새가 나는데. 양파 수프야?"

위즐리 씨가 기대 어린 표정으로 식탁 쪽으로 고개를 돌렸다.

"해리! 아침이 되어야 올 줄 알았는데!"

위즐리 씨는 해리와 악수를 나누고 옆에 있는 의자에 털썩 주저앉았다. 위즐리 부인이 남편 앞에 수프 그릇을 내려놓았다.

"고마워, 몰리. 힘든 밤이었어. 웬 멍청이가 변신 메달을 팔기 시작해서 말이야. 그 메달을 목에 걸기만 하면 모습을 마음대로 바꿀 수 있다는 거야. 겨우 10갈레온에 10만 가지 모습으로 변신할 수 있다나!"

"그래서, 그걸 목에 걸면 실제로 어떤 일이 벌어지는데?"

"대부분 몸 색깔이 기분 나쁜 오렌지색으로 변하지만,

두어 명은 온몸에 촉수 같은 사마귀가 돋았어. 그렇잖아도
세인트 멍고가 얼마나 눈코 뜰 새 없이 바쁜데!"

"프레드랑 조지가 흥미를 느낄 법한 일인데." 위즐리 부
인이 머뭇거리며 말했다. "혹시……?"

"절대 아니야!" 위즐리 씨가 말했다. "아무리 그 녀석들
이라도 지금 같은 때 그런 짓을 하진 않을걸. 사람들이 필
사적으로 보호 수단을 찾고 있는 마당에!"

"그래서 늦은 거야? 변신 메달 때문에?"

"아냐, 엘리펀트 앤 캐슬에서 끔찍한 역효과 저주가 발
생했다는 소문이 있었어. 근데 우리가 도착했을 때는 다행
히 마법 수사대가 문제를 해결했더라고……."

해리는 하품이 나오려는 입을 황급히 손으로 가렸다.

"자야겠구나." 위즐리 부인이 곧바로 알아차리고 말했
다. "프레드랑 조지가 쓰던 방을 네가 쓸 수 있도록 정리해
놨어. 너 혼자 쓰면 된단다."

"왜요? 두 사람은 어디 있는데요?"

"아, 걔들은 다이애건 앨리에 있어. 너무 바빠서, 장난
감 가게 위층에 있는 방에서 잔대." 위즐리 부인이 말했다.
"이 말은 해야겠구나. 처음에는 탐탁지 않았는데, 걔들은
사업에 꽤 소질이 있는 것 같아! 가자, 애야. 네 짐 가방은

이미 올려다 놨단다."

"안녕히 주무세요, 위즐리 아저씨." 해리가 의자를 밀어 넣으며 말했다. 크룩섕스가 그의 무릎에서 가볍게 뛰어내려 슬금슬금 방을 빠져나갔다.

"잘 자라, 해리." 위즐리 씨가 말했다.

해리는 위즐리 부인과 함께 부엌을 나가면서 그녀가 세탁 바구니 위에 있는 시계를 힐끔거리는 모습을 보았다. 모든 바늘이 다시 '치명적 위험'을 가리키고 있었다.

프레드와 조지의 침실은 3층에 있었다. 위즐리 부인이 침대 옆 탁자에 놓인 등잔을 마법 지팡이로 가리키자 불이 켜졌다. 기분 좋은 황금빛이 방 안을 물들였다. 작은 창문 앞 책상에 커다란 꽃병이 놓여 있었지만, 방 안을 맴도는 냄새는 꽃향기로도 가려지지 않았다. 해리가 생각하기에는 화약 냄새 같았다. 아무 표시 없이 봉해 놓은 수많은 종이 상자가 바닥을 차지하고 있었고, 그 사이에 해리의 짐 가방이 놓여 있었다. 방을 잠시 동안 창고로 쓴 모양이었다.

커다란 옷장 위에 걸터앉아 있던 헤드위그가 해리를 보고 기쁘게 부엉부엉 울더니 창밖으로 날아갔다. 해리는 녀석이 사냥을 나가기 전에 그를 보려고 기다리고 있었다는 것을 알았다. 해리는 위즐리 부인에게 인사를 하고 잠옷을 입은 뒤 두 침대 중 한 곳에 누웠다. 베갯잇 속에 뭔가 단단한 것이 들어 있었다. 해리는 그 안에 손을 넣어 더듬거리다가 자주색과 오렌지색이 섞인 끈적끈적한 사탕을 꺼냈다. 해리는 그게 '속 뒤집어지는 사탕'이라는 것을 알아차렸다. 그는 혼자 미소 지으며 돌아누웠고 곧 잠들었다.

몇 초 뒤, 혹은 해리가 느끼기에 몇 초가 지난 뒤 문이 벌컥 열리더니 대포를 쏘는 듯한 소리가 울렸다. 벌떡 일어나 앉아 있으려니 거칠게 커튼을 젖히는 소리가 들렸다. 눈부신 햇빛이 눈을 날카롭게 찌르는 듯했다. 해리는 한 손으로 빛을 가리며 다른 손으로는 안경을 찾아 애먼 데만 더듬거렸다.

"뭐야?"

"우린 네가 벌써 와 있는 줄 몰랐어!" 잔뜩 흥분한 목소리가 들리더니 뭔가가 해리의 머리를 세게 내리쳤다.

"론, 때리지 마!" 여자아이의 목소리가 꾸짖듯이 말했다.

마침내 해리의 손이 안경에 닿았다. 안경을 쓰긴 했지만 햇빛이 너무 밝아서 아무것도 보이지 않았다. 한순간 길쭉하고 흐릿한 그림자가 눈앞에서 흔들렸다. 눈을 깜빡이자 초점이 선명해지면서, 씩 웃으며 그를 내려다보는 론 위즐리가 보였다.

"좀 어때?"

"최고야." 해리는 정수리를 문지르고 다시 베개에 털썩 드러누우며 말했다. "넌?"

"나쁘지 않아." 론이 종이 상자를 끌어와 그 위에 앉으며 말했다. "언제 온 거야? 방금 엄마한테 들었어!"

"오늘 새벽 1시쯤."

"머글들은 어땠어? 너한테 잘해 줬어?"

"늘 똑같지 뭐." 헤르미온느가 침대 모서리에 걸터앉자 해리가 말했다. "나한테 말을 잘 안 걸더라고. 나야 그게 더 좋지. 넌 어때, 헤르미온느?"

"아, 난 잘 지냈어." 헤르미온느가 말했다. 그녀는 해리가 어딘가 병이라도 난 것처럼 그를 찬찬히 살펴보고 있었다. 해리는 헤르미온느가 왜 이렇게 구는지 알 것 같았고, 이 순간만큼은 시리우스의 죽음이나 다른 우울한 주제에 대해 이야기할 생각이 전혀 없었기에 이렇게 말했다. "몇 시야? 나 아침 식사 놓친 거야?"

"그건 걱정 마. 엄마가 가져다주실 거야. 네가 영양실조에 걸린 것 같다나 뭐라나." 론이 눈알을 굴리며 말했다. "그래서, 그동안 어떻게 지냈어?"

"별일 없었어. 줄곧 이모네 틀어박혀 있었으니까."

"집어치워!" 론이 말했다. "덤블도어랑 어디 갔다 왔잖아!"

"그렇게 신나는 일은 아니었어. 그냥 어느 은퇴한 교수님을 학교로 돌아오도록 설득해야 하는데, 내가 도와줬으면 하셨을 뿐이야. 호러스 슬러그혼이라는 분인데."

"아." 론이 실망한 표정으로 말했다. "우리는……."

헤르미온느가 경고의 눈길을 쏘아 보내자 론은 얼른 말을 돌렸다.

"……그럴 거라고 생각했어."

"그래?" 해리가 재미있어하며 말했다.

"응……. 맞다, 이제 엄브리지가 떠났으니까 새로운 어둠의 마법 방어법 교수가 필요하구나? 음, 그래서, 어떤 사람이야?"

"약간 바다코끼리처럼 생겼어. 그리고 예전에 슬리데린 담임 교수였대." 해리가 말했다. "무슨 문제 있어, 헤르미온느?"

헤르미온느는 당장에라도 뭔가 이상한 증상이 나타날 거라고 생각하는 듯 해리를 지켜보다가 황급히 얼굴 표정을 바꾸고 애써 미소 지었다.

"아니, 전혀! 그래서, 음, 슬러그혼은 좋은 교수님일 것 같아?"

"모르겠어." 해리가 말했다. "엄브리지보다 나쁠 수는 없지 않겠어?"

"난 엄브리지보다 나쁜 사람 아는데." 문 쪽에서 어떤 목소리가 말했다. 론의 여동생이 짜증스러운 표정을 지으며 축 처져서는 걸어 들어왔다. "안녕, 해리."

"넌 왜 그래?" 론이 물었다.

"저 여자 때문에." 지니가 해리의 침대에 털썩 주저앉으며 말했다. "미쳐 버리겠어."

"또 뭘 했는데?" 헤르미온느가 공감한다는 듯 물었다.

"나한테 말하는 투가…… 누가 들으면 내가 세 살짜리인 줄 알겠어!"

"내 말이." 헤르미온느가 목소리를 낮추며 말했다. "너무 거만해."

해리는 헤르미온느가 위즐리 부인에 대해 이런 식으로 이야기하는 것을 보고 놀랐다. 그래서 "너희 둘 다 5초만이라도 흉 좀 안 볼 순 없냐?" 하고 화를 내는 론에게 뭐라고 하지 않았다.

"아, 그래. 변호해 주시겠다?" 지니가 쏘아붙였다. "같이 있지 못해서 안달하는 거 다 알아!"

론의 어머니를 두고 하는 얘기치고는 이상했다. 뭔가 놓치고 있다는 기분이 든 해리가 물었다. "대체 누구 얘기……?"

하지만 질문을 끝내기도 전에 답이 돌아왔다. 침실 문이 다시 활짝 열리자 해리는 본능적으로 이불보를 턱까지 끌어 올렸다. 그 힘이 너무 셌던 탓에 헤르미온느와 지니가 침대에서 바닥으로 굴러떨어졌다.

한 젊은 여자가 문 앞에 서 있었다. 숨이 멎을 듯 아름다운 그 모습에 희한하게도 방 안의 공기마저 줄어드는 것 같았다. 그녀는 은빛이 도는 금발에 키가 크고 늘씬했으며 희미한 은빛 광채를 내뿜고 있는 것 같았다. 안 그래도 완벽한 모습을 완성시키려는지, 아침 식사가 가득 담긴 쟁반까지 들고 있었다.

"애리." 그녀가 목멘 소리로 말했다. "너어무 오랭망이야!"

그녀가 문턱을 넘어 미끄러지듯 다가올 때, 기분이 상한 듯한 위즐리 부인의 모습이 언뜻 보였다.

"굳이 네가 쟁반을 들고 올라올 필요는 없었어. 내가 직접 하려던 참이었는데!"

"괜찮아요." 플뢰르 들라쿠르가 해리의 무릎에 쟁반을

내려놓고 휙 달려들어 그의 양 뺨에 입을 맞췄다. 해리는 그녀의 입술이 닿았던 자리가 화끈거리는 것 같았다. "너 무너무 보고 싶었거든요. 내 여동생, 가브리엘 기억나? 걔 는 애리 포터 얘기망 해. 널 다시 보명 기뻐할 거야."

"어…… 걔도 여기 왔어?" 해리가 숨 막히는 듯한 목소리 로 물었다.

"아니, 아니. 봐보같이." 플뢰르가 까르르 웃으며 말했다. "내녕 여름을 말항 거야. 그때 우리…… 긍데 너 모르니?"

그녀의 커다란 푸른 눈이 휘둥그레졌다. 그녀는 위즐리 부인을 원망하듯 바라보았다. 위즐리 부인이 말했다. "아 직 말할 틈이 없었잖니."

플뢰르는 다시 해리에게 고개를 돌렸다. 그 바람에 은빛 머리카락이 위즐리 부인의 얼굴을 후려쳤다.

"빌이랑 나능 결혼할 거야!"

"아." 해리가 멍하니 말했다. 위즐리 부인과 헤르미온느와 지니가 한마음으로 굳게 결심이라도 한 듯 서로의 시선을 피하는 모습이 어쩔 수 없이 눈에 띄었다. "우아, 축하해!"

그녀가 해리에게 휙 달려들어 다시 입을 맞췄다.

"빌응 지금 많이 봐빠. 아주 열심히 일하고 있어. 나능 영어를 배우려고 그린고츠에서 파트타임으로 긍무해. 그

래서 빌이 며칠 동안 가족들이랑 같이 지내면서 친해지라
고 나를 여기로 데려왔어. 네가 온다능 말을 듣고 죙말 기
뺐어. 닭이랑 요리를 죠아하지 않으몀 여기셩 별로 할 게
없거등. 그럼, 아침 맛있게 먹어, 애리!"

그녀는 이 말을 남기고 우아하게 돌아서서 방을 둥둥 떠
가는 듯하더니 조용히 나가서 문을 닫았다.

위즐리 부인이 혀 차는 소리를 냈다.

"엄마가 엄청 싫어해." 지니가 소곤거렸다.

"싫어하는 게 아니다!" 위즐리 부인이 못마땅한 듯 속삭였
다. "그냥 약혼을 너무 서둘러서 했다는 생각이 들 뿐이야!"

"1년 동안 서로를 알아 왔으면 됐죠." 론이 말했다. 그는
이상하게 넋이 나간 듯한 표정으로 닫힌 문을 빤히 바라보
고 있었다.

"글쎄, 그게 아주 긴 시간은 아니잖니! 왜 이렇게 됐는지
야 뻔하지. '그 사람'이 돌아오면서 모든 게 불확실해졌기
때문이야. 당장 내일 죽을지도 모른다는 생각이 드니까,
심사숙고해야 할 문제를 서둘러서 결정해 버리는 거야. 예
전에 그자가 막강했을 때도 똑같았단다. 사방에서 사람들
이 야반도주를 하고……."

"엄마랑 아빠도 포함해서요." 지니가 짓궂게 말했다.

"그래, 뭐, 너희 아버지랑 나는 천생연분이니까. 기다려 봐야 무슨 의미가 있었겠니?" 위즐리 부인이 말했다. "하지만 빌이랑 플뢰르는…… 글쎄…… 둘이 정말 공통점이 있긴 하니? 빌은 성실하고 현실적인 아이야. 그런데 쟤는……."

"재수없어." 지니가 고개를 끄덕였다. "하지만 빌도 그렇게 현실적이기만 한 건 아니에요. 저주 해제 전문가잖아요? 모험이나 화려한 것도 좋아하는 쪽이라고요. 그래서 가래침['가래'라는 뜻의 'phlegm(플럼)'과 '플뢰르'의 발음이 비슷한 것에 착안한 말장난—옮긴이]한테 빠진 거잖아요."

"그렇게 부르지 마라, 지니." 위즐리 부인이 날카롭게 말했지만, 해리와 헤르미온느는 웃음을 터뜨렸다. "나는 그만 가 봐야겠다……. 달걀 식기 전에 먹으렴, 해리."

그녀는 수심이 가득한 모습으로 방을 나갔다. 론은 여전히 반쯤 넋 나간 얼굴로 귀에서 물기를 털어 내려는 강아지처럼 머리를 흔들어 댔다.

"한집에 있으면 좀 익숙해지지 않아?" 해리가 물었다.

"조금은 그렇지." 론이 말했다. "근데 조금 전처럼 예상치 못하게 갑자기 나타나면……."

"한심해." 헤르미온느가 화를 내며 론에게서 최대한 성큼성큼 멀어져 갔다. 벽까지 간 그녀는 팔짱을 끼고 돌아서서 그를 똑바로 바라보았다.

"저 여자가 영원히 우리 집에 있었으면 좋겠다고 생각하는 건 아니지?" 지니가 믿을 수 없다는 듯 론에게 물었다. 론이 그저 어깨를 으쓱하자 그녀가 말했다. "엄마는 이 결혼을 막을 수 있다면 뭐든지 할걸! 내기해도 좋아!"

"아줌마가 어떻게 막아?" 해리가 물었다.

"엄마는 계속 통스를 저녁 식사 자리에 부르려고 해. 빌이 통스와 잘되길 바라는 것 같아. 나도 그랬으면 좋겠고. 통스랑 가족이 되는 게 훨씬 나을 거야."

"그래, 퍽이나 그렇게 되겠다." 론이 냉소적으로 말했다. "잘 들어, 정신 제대로 박힌 남자라면 플뢰르 같은 여자를 두고 통스한테 빠지진 않아. 그러니까 내 말은, 통스도 괜찮긴 하지. 머리카락이랑 코에 멍청한 짓을 하지 않을 때는 말이야. 하지만……."

"통스가 저 *가래침*보다 백배 천배는 낫거든?" 지니가 말했다.

"게다가 훨씬 똑똑하잖아. 통스는 오러란 말이야!" 헤르미온느가 구석에서 거들었다.

"플뢰르도 멍청하지는 않아. 트라이위저드 대회에 참가

할 정도의 실력을 갖췄잖아." 해리가 말했다.

"너까지 왜 이래!" 헤르미온느가 매섭게 말했다.

"가래침이 '애리, 애리' 하는 게 좋은가 봐?" 지니가 코웃음 치며 물었다.

"아냐." 해리는 차라리 말을 하지 말 걸 그랬다고 후회하며 입을 열었다. "난 그냥, 가래침이…… 그러니까, 플뢰르가……."

"나는 통스가 가족이 되는 게 훨씬 좋아." 지니가 말했다. "최소한 재밌기라도 하잖아."

"요샌 별로 웃기지도 않던데." 론이 말했다. "볼 때마다 울보 머틀을 닮아 가더라."

"말이 너무 심하잖아." 헤르미온느가 쏘아붙였다. "통스는 아직 그때 일을 극복하지 못하고 있어……. 내 말은, 통스한텐 사촌이잖아!"

해리의 가슴이 철렁했다. 결국 시리우스 얘기가 나오고 말았다. 그는 포크를 집어 들고 스크램블드에그를 입에 쑤셔 넣기 시작했다. 어떻게 해서든 이 대화에서 벗어나고 싶은 마음이었다.

"통스랑 시리우스는 서로 잘 알지도 못했어!" 론이 말했다. "시리우스는 통스 인생의 절반이나 되는 시간을 아즈카반에 갇혀 있었고, 그전에는 두 집안끼리 만난 적도 없……."

"그게 중요한 게 아냐." 헤르미온느가 말했다. "통스는 시리우스가 자기 때문에 죽었다고 생각한단 말이야!"

"왜 그런 생각을 해?" 해리가 자기도 모르게 불쑥 물었다.

"통스는 벨라트릭스 레스트레인지와 싸우고 있었잖아? 자기가 벨라트릭스를 해치웠다면 그 여자가 시리우스를 죽이지 못했을 거라고 여기는 것 같아."

"말도 안 돼." 론이 말했다.

"생존자의 죄책감이라는 거야." 헤르미온느가 말했다. "루핀 교수님이 통스를 달래려 애쓰고 있지만 통스는 여전히 우울해하고 있어. 사실은 변신에도 문제를 겪고 있단 말이야!"

"무슨 문제?"

"예전처럼 모습을 바꾸지 못한다고." 헤르미온느가 설명했다. "충격이나 뭐 그런 것 때문에 능력에 영향을 받았나 봐."

"그럴 수도 있구나. 몰랐어." 해리가 말했다.

"나도." 헤르미온느가 말했다. "하지만 내 생각엔 정말로 우울해지면⋯⋯."

문이 다시 열리고 위즐리 부인이 머리를 불쑥 들이밀었다.

"지니." 그녀가 작은 소리로 말했다. "아래층에 내려와서 점심 차리는 것 좀 도와주렴."

"얘기 중이잖아요!" 지니가 화를 냈다.

"당장!" 위즐리 부인은 이 말을 남기고 문을 닫았다.

"엄만 순전히 가래침이랑 단둘이 있기 싫어서 날 부르는 거야!" 지니가 짜증스러운 듯 말했다. 그녀는 플뢰르를 꽤 그럴싸하게 흉내 내며 긴 빨간 머리를 휙 휘날리더니 발레리나처럼 양팔을 높이 들고 활보하듯 방을 가로질렀다.

"다들 빨리 내려오는 게 좋을걸." 그녀가 방을 나가면서 말했다.

해리는 잠시 조용해진 틈을 타 아침을 먹었다. 헤르미온느는 가끔씩 해리를 곁눈질하면서 프레드와 조지의 상자들을 들여다보고 있었다. 론은 이제 해리의 토스트를 집어먹으며 꿈을 꾸는 듯한 눈빛으로 계속 문 쪽을 바라보았다.

"이게 뭐야?" 헤르미온느가 작은 망원경처럼 생긴 물건을 들어 올리며 물었다.

"몰라." 론이 말했다. "하지만 조지랑 프레드가 놔두고 간 걸 보면 아직 장난감 가게에서 팔 준비가 안 된 물건일 테니까 조심해."

"너희 엄마 말씀으로는 가게가 잘된다며." 해리가 말했다. "프레드랑 조지가 사업에 소질이 있는 것 같다고 하시던데."

"그건 과소평가지." 론이 말했다. "형들은 갈레온을 갈퀴로 쓸어 담고 있어! 나도 빨리 가게를 보고 싶어 죽겠어. 아직 다이애건 앨리에 못 가 봤거든. 엄마는 안전을 위해 아빠랑 같이 가야 한다고 하는데, 아빠가 일이 너무 바빠서 말이야. 듣기론 아주 굉장한 가게인 것 같더라."

"퍼시는?" 해리가 물었다. 위즐리 부부의 셋째 아들은 나머지 가족과 인연을 끊어 버렸다. "다시 너희 엄마 아빠랑 연락해?"

"아니." 론이 말했다.

"하지만 애초에 너희 아빠 말씀대로 볼드모트가 돌아왔다는 걸 알게 됐잖아?"

"덤블도어 교수님이 그러시는데, 사람들은 상대방이 옳았을 때보다 틀렸을 때 더 쉽게 용서한대." 헤르미온느가 말했다. "교수님이 너희 엄마한테 하시는 말씀을 들었어, 론."

"덤블도어가 할 법한 이상한 소리긴 하네." 론이 말했다.

"덤블도어 교수님이 올해 나한테 개인 수업을 해 주신대." 해리가 지나가듯이 말했다.

론은 토스트 조각을 먹다가 목이 막혔고 헤르미온느는 헛숨을 들이켰다.

"그걸 지금 말하냐?" 론이 말했다.

"방금 생각났어." 해리가 솔직히 말했다. "어젯밤 너희 집 빗자루 창고에서 말씀하셨어."

"세상에…… 덤블도어랑 개인 수업이라니!" 론은 꽤 감명받은 듯했다. "근데 왜……?"

론이 말꼬리를 흐렸다. 해리는 그와 헤르미온느가 눈길을 주고받는 모습을 보았다. 해리는 나이프와 포크를 내려놓았다. 침대에 앉아 있을 뿐인데 심장이 상당히 세차게 뛰고 있었다. 덤블도어가 하라고 한 일이다……. 어차피 말할 거라면 지금 해선 안 되는 이유가 뭐란 말인가? 그는 무릎으로 쏟아지는 햇살에 비쳐 반짝이는 포크에 눈길을 고정하고 입을 열었다. "나한테 왜 수업을 해 주시려고 하는지는 정확히 모르겠지만 틀림없이 그 예언 때문일 거야."

론도 헤르미온느도 입을 열지 않았다. 둘 다 얼어붙은 것 같았다. 해리는 여전히 포크를 바라보며 말을 이었다. "너희도 알다시피, 놈들이 마법 정부에서 훔치려던 거 말이야."

"하지만 그 예언의 내용은 아무도 모르잖아." 헤르미온느가 재빨리 말했다. "부서졌으니까."

"하지만《예언자일보》는……." 론이 입을 열자마자 헤르미온느가 끼어들었다. "쉿!"

"《예언자일보》의 말이 맞아." 해리가 아주 힘겹게 눈을 들어 두 사람을 바라보며 말했다. 헤르미온느는 겁에 질린 것 같았고, 론은 충격을 받은 표정이었다. "예언은 부서진 유리구슬에만 기록돼 있었던 게 아니야. 나는 덤블도어 교수님 연구실에서 그 내용을 다 들었어. 덤블도어 교수님은 예언을 들은 당사자여서 나한테 얘기해 주실 수 있었어. 그 예언에 따르면……." 해리는 심호흡을 했다. "볼드모트를 끝장내야 하는 사람은 나인 것 같아……. 적어도, 예언에 따르면 우리 둘 중 누구도 상대방이 숨 쉬는 한 살아 있을 수 없대."

세 사람은 잠시 할 말을 잃은 채 서로를 바라보았다. 갑자기 쾅 하는 시끄러운 소리가 나더니 헤르미온느의 모습이 시커멓게 뿜어져 나온 연기 뒤로 사라져 버렸다.

"헤르미온느!" 해리와 론이 소리쳤다. 아침 식사 쟁반이 요란한 소리를 내며 바닥으로 미끄러져 떨어졌다.

헤르미온느가 기침을 하며 연기 속에서 모습을 드러냈다. 망원경을 쥔 그녀의 눈가에는 검푸른 색 멍이 들어 있었다.

"꽉 쥐었더니 이게…… 이게 날 때렸어!" 그녀가 숨 가쁜 목소리로 외쳤다.

아니나 다를까, 망원경 끝에서 아주 작은 주먹이 달린 긴 스프링이 튀어나와 있었다.

"걱정 마." 론이 터져 나오려는 웃음을 애써 참으며 말했다. "엄마가 치료해 주실 거야. 가벼운 상처 정도는 치료하실 수 있거든."

"아, 뭐, 지금 이딴 거에 신경 쓸 때가 아니야!" 헤르미온느가 다급히 말했다. "해리, 아, 해리……."

그녀가 그의 침대 모서리로 다가와 앉았다.

"우린 마법 정부에서 돌아온 뒤로 계속 궁금했어……. 물론 너한테는 아무 말도 하고 싶지 않았지만, 그 예언이 너랑 볼드모트에 대한 거라는 루시우스 말포이의 말을 듣고 그럴지도 모른다고 생각했거든……. 아, 해리……." 그녀가 그를 뚫어지게 바라보더니 속삭였다. "무섭지 않니?"

"예전만큼은 아니야." 해리가 말했다. "그 얘길 처음 들었을 땐 무서웠어. 하지만 지금은, 결국 그자와 맞서야 한다는 걸 옛날부터 알고 있었던 것 같은 기분이야……."

"덤블도어가 너를 직접 데리러 갔다는 말을 들었을 때 우린 덤블도어가 너한테 예언과 관련된 얘기를 해 주거나 뭔가 보여 줄지도 모른다고 생각했어." 론이 흥분한 목소리로 말했다. "우리가 맞은 셈이네. 그치? 너한테 가망이 없다고 생각했다면 덤블도어가 개인 수업을 해 주려 하지 않았을 거야. 시간을 낭비하고 싶진 않을 테니까. 덤블도어는 너한테 희망이 있다고 생각하는 게 틀림없어!"

"맞아." 헤르미온느가 말했다. "뭘 가르쳐 주실지 궁금한데, 해리? 아마 정말 수준 높은 방어 마법일 거야……. 강력한 반격 마법이라든가…… 저주 해제 마법……."

해리는 귀 기울여 듣지 않았다. 햇빛과는 아무 상관 없는 따스한 기운이 그의 온몸으로 퍼져 나갔다. 가슴을 꽉 죄던 응어리가 녹아내리는 것 같았다. 그는 론과 헤르미온느가 겉으로 보이는 것보다 더 큰 충격을 받았다는 것을 알고 있었다. 그들이 여전히 그의 양옆에 있다는 사실이, 해리를 전염병에 걸렸거나 위험한 인물이라도 되는 양 피하는 것이 아니라 위로와 격려를 해 주고 있다는 사실이 말할 수 없을 만큼 소중하게 느껴졌다.

"……그리고 일반적인 회피 마법이랑." 헤르미온느가 결론지었다. "뭐, 최소한 올해 어떤 수업을 듣게 될지 하나는 알고 있네. 론이랑 나보다 하나 많아. 우리 O.W.L. 결과는 언제 나올까?"

"별로 안 남았을 거야. 한 달이나 지났으니까." 론이 말했다.

"잠깐만." 해리가 말했다. 지난밤 나누었던 대화가 떠올랐던 것이다. "덤블도어 교수님이 O.W.L. 결과가 오늘 도착할 거라고 말했던 것 같아!"

"오늘?" 헤르미온느가 비명을 질렀다. "오늘이라고? 그럼 진작…… 아, 세상에…… 말을 해 줬어야지!"

그녀가 자리에서 벌떡 일어났다.

"부엉이가 왔는지 보러 가야겠어."

10분 뒤, 해리가 옷을 다 갈아입고 빈 쟁반을 든 채 아래층에 내려가 보니 헤르미온느는 몹시 불안해하며 부엌 식탁에 앉아 있었다. 위즐리 부인이 판다와 비슷해진 그녀의 얼굴을 되돌려 놓으려고 애쓰는 중이었다.

"끄떡도 안 하네." 위즐리 부인이 손에 마법 지팡이를 들고 서서 헤르미온느를 내려다보며 걱정스럽게 말했다. 《치유사의 조력자》라는 책의 '멍, 베인 상처, 찰과상' 부분이 펼쳐져 있었다. "전에는 이렇게 하면 치료가 됐는데, 이해가 안 되는구나."

"프레드랑 조지는 절대 안 지워져야 재밌는 장난이라고 생각했을 거예요." 지니가 말했다.

"하지만 지워져야 해!" 헤르미온느가 새된 소리로 외쳤다. "평생 이런 꼴로 돌아다닐 수는 없어!"

"그럴 일은 없을 거다, 애야. 우리가 치료법을 찾아 줄 게. 걱정하지 마라." 위즐리 부인이 달래듯 말했다.

"빌이 저한테 프레드와 조지가 얼마나 재미있능지 말해 줬어요!" 플뢰르가 천진난만하게 웃으며 말했다.

"그러게, 나도 너무 웃겨서 숨이 안 쉬어지네?" 헤르미온느가 쏘아붙였다.

그녀는 벌떡 일어서더니 손가락을 배배 꼬면서 부엌 안을 빙빙 돌기 시작했다.

"위즐리 아줌마. 오늘 아침에 부엉이가 한 마리도 안 왔다는 거 정말로, 정말로 확실한 거죠?"

"그래, 애야. 왔으면 내가 알았겠지." 위즐리 부인이 참을성 있게 말했다. "하지만 겨우 9시잖니. 시간은 아직 많……."

"고대 룬문자는 확실히 망쳤어." 헤르미온느가 열을 내며 중얼거렸다. "적어도 한 군데에서 심각한 오역을 한 게 분명

해. 어둠의 마법 방어법 실기도 완전 별로였고. 변환 마법은 그럭저럭 잘 봤다고 생각했는데, 지금 생각해 보면⋯⋯."

"헤르미온느, 입 좀 다물어 줄래? 너만 긴장되는 거 아니거든!" 론이 고함쳤다. "너 이래 놓고 O.W.L. '출중함' 열 개씩이나 받으면⋯⋯."

"아냐, 아냐, 아냐!" 헤르미온느가 신경질적으로 양손을 휘저으며 말했다. "전부 낙제했을 게 뻔해!"

"낙제하면 어떻게 되지?" 해리는 딱히 누구에게랄 것 없이 방 안에 있는 사람들에게 물었지만 대답한 사람은 역시 헤르미온느였다.

"기숙사 담임 교수님하고 어떻게 할지 면담해야 해. 저번 학기 끝날 때 맥고나걸 교수님한테 여쭤봤어."

해리는 속이 뒤틀렸다. 아침을 조금 덜 먹을걸 하는 후회가 들었다.

"보바통에서는" 하고, 플뢰르가 흐뭇하게 말했다. "일을 처리하능 방식이 달랐어요. 제 생각에능 그게 더 나응 것 같아요. 우리능 5년이 아니라 6년 동안 공부항 다음에 시험을 치러요. 그렁 다음⋯⋯."

플뢰르의 말은 비명 소리에 묻히고 말았다. 헤르미온느가 부엌 창문 밖을 가리키고 있었다. 검은 점 세 개가 하늘에 또렷이 보이는가 싶더니 점점 커졌다.

"부엉이가 오는 게 틀림없어." 론이 벌떡 일어나 창가에서 있는 헤르미온느 옆으로 가면서 쉿소리를 냈다.

"세 마리네." 해리도 다급히 그녀 옆으로 갔다.

"우리 각각 한 마리씩이야." 헤르미온느가 겁에 질린 채 속삭였다. "아, 안 돼…… 안 돼…… 안 돼……."

그녀가 양옆에 선 해리와 론의 팔꿈치를 꽉 움켜잡았다.

부엉이들은 버로를 향해 곧장 날아오고 있었다. 자세히 보니 세 마리의 잘생긴 황갈색올빼미였다. 올빼미들이 집으로 이어지는 길 위로 점점 낮게 내려올수록 각자가 들고 있는 큼직한 사각형 봉투가 더욱 선명하게 보였다.

"아, 안 돼!" 헤르미온느가 비명을 질렀다.

위즐리 부인이 그들 사이를 비집고 부엌 창문을 열었다. 하나, 둘, 세 마리의 올빼미가 창문으로 날아들어 와 식탁 위에 질서 정연하게 줄지어 내려앉았다. 세 마리 모두 오른쪽 다리를 들어 올렸다.

해리가 앞으로 나아갔다. 그에게 온 편지는 가운데 올빼미 다리에 묶여 있었다. 그는 떨리는 손가락으로 봉투를 풀었다. 왼쪽에서는 론이 성적표를 떼어 내고 있었고, 오른쪽에서는 헤르미온느가 어찌나 손을 떠는지 올빼미의 몸이 흔들릴 정도였다.

부엌에 있는 누구도 입을 열지 않았다. 마침내 해리가 봉투를 떼어 냈다. 그는 재빨리 봉투를 뜯고 안에 들어 있는 양피지를 꺼내 펼쳤다.

보통 마법사 등급

통과 등급:

출중함 (O)

기대 이상 (E)

그럭저럭 괜찮음 (A)

낙제 등급:

형편없음 (P)

끔찍함 (D)

트롤 (T)

해리 제임스 포터의 성적은 다음과 같습니다.

천문학: A

마법 생명체 돌보기: E

일반 마법: E

어둠의 마법 방어법: O

점술: P

약초학: E

마법의 역사: D

마법약: E

변환 마법: E

해리는 양피지를 처음부터 끝까지 몇 번이나 다시 읽었다. 다시 읽을 때마다 호흡이 점점 가라앉았다. 이 정도면 괜찮았다. 점술은 낙제할 거라고 전부터 생각하고 있었고, 마법의 역사 또한 시험을 치르다 기절했다는 사실을 감안하면 통과할 가능성이 별로 없었다. 하지만 다른 과목은 전부 통과였다! 그는 점수가 적힌 곳을 손가락으로 쓸어내렸다. 변환 마법과 약초학을 좋은 성적으로 통과했고, 심지어 마법약에서도 '기대 이상'을 받았다! 가장 좋은 건 어둠의 마법 방어법에서 '출중함'을 받았다는 사실이었다!

해리는 주위를 둘러보았다. 헤르미온느는 등을 돌린 채 머리를 숙이고 있는 반면, 론은 만족스러운 표정을 짓고 있었다.

"점술이랑 마법의 역사만 낙제했어. 그쯤이야 누가 신경 쓴대?" 그가 기쁜 듯 해리에게 말했다. "자, 바꿔 보자."

해리는 론의 성적을 힐끗 내려다보았다. '출중함'은 없었다…….

"네가 어둠의 마법 방어법에서 최고 점수를 받을 줄 알았어." 론이 해리의 어깨를 탁 치며 말했다. "우리 둘 다 괜찮게 했네. 그치?"

"잘했다!" 위즐리 부인이 론의 머리카락을 흐트러뜨리면서 자랑스러워했다. "O.W.L.을 일곱 과목이나 통과하다니, 프레드와 조지가 받은 점수를 합친 것보다 많구나!"

"헤르미온느?" 지니가 머뭇거리며 말했다. 헤르미온느는 여전히 등을 보인 채 꼼짝도 하지 않았다. "어떻게 됐어?"

"나도…… 나쁘지 않아." 헤르미온느가 작은 소리로 대답했다.

"아, 왜 이래." 론이 성큼성큼 다가가 그녀의 손에서 성적표를 낚아채며 말했다. "그래…… '출중함' 아홉 개, 어둠의 마법 방어법은 '기대 이상'을 받았네." 그는 즐거움과 짜증이 뒤섞인 표정으로 그녀를 내려다보았다. "너 솔직히 실망했지?"

헤르미온느는 고개를 절레절레 저었지만 해리는 웃음을 터뜨렸다.

"뭐, 이제 N.E.W.T. 학생이 됐네!" 론이 씩 웃었다. "엄마, 소시지 더 있어요?"

해리는 다시 성적표를 내려다보았다. 기대했던 만큼 좋

은 점수였다. 단 하나 작디작은 아쉬움이 마음을 찌릿하게 했다. 이것으로 오러가 되겠다는 희망은 끝장났다. 마법약에서 필요한 점수를 받지 못했던 것이다. 이럴 줄은 예전부터 알았지만, 그 작고 검은 'E'를 다시 보자 가슴이 무겁게 내려앉았다.

해리에게 오러가 될 자질이 있다고 처음 말해 준 사람이 실은 매드아이로 위장한 죽음을 먹는 자였다는 사실을 생각해 보면 얄궂은 일이었지만, 해리는 어쩐지 그 말에 매료되었다. 그것 말고는 되고 싶은 게 아무것도 떠오르지 않았다. 게다가 한 달 전 예언을 들은 뒤로는 오러야말로 자신에게 딱 맞는 운명처럼 보였……. *한쪽이 살아 있는 한 다른 쪽은 온전히 살 수 없나니……*. 볼드모트를 찾아 처단하는 임무를 수행하기 위해 고도로 훈련을 받은 마법사들과 함께한다면, 예언대로 살면서도 살아남을 가능성이 가장 높지 않을까?

6장

다른 길로 샌 드레이코

해리는 이어지는 몇 주 동안 버로의 정원을 벗어나지 않았다. 낮에는 보통 위즐리네 과수원에서 2 대 2 퀴디치 시합을 했고(그와 헤르미온느 대 론과 지니가 붙었는데, 헤르미온느는 처참한 실력이었고 지니는 뛰어났으므로 그럭저럭 팽팽한 시합이 되었다) 저녁에는 위즐리 부인이 그의 앞에 내놓는 음식을 뭐든지 세 접시씩 먹어 치웠다.

하루가 멀다 하고 《예언자일보》에 실리는 실종, 이상한 사고, 심지어 사망 관련 기사만 아니었다면 행복하고 평화로운 방학이었을 것이다. 가끔 빌과 위즐리 씨는 신문에 실리기도 전에 어떤 소식들을 집으로 가져오기도 했다. 해리의 열여섯 번째 생일 파티가 리머스 루핀이 가져다준 소름 끼치는 소식들로 엉망이 되자 위즐리 부인도 속상해했다. 루핀은 수척하고 암울해 보였으며 갈색 머리카락에는 흰머리가 많이 섞여 있었다. 옷은 어느 때보다 너덜너덜 떨어지고 여기저기 기워져 있었다.

"디멘터의 공격이 두 번 더 있었습니다." 위즐리 부인이 커다란 생일 케이크 조각을 건네자 그가 말했다. "북쪽의 어느 오두막에서는 이고르 카르카로프의 시체가 발견됐고요. 그 오두막 위에 어둠의 징표가 떠 있었어요. 솔직히 죽음을 먹는 자들을 배신하고 1년이나 살아 있었다는 사실이 더 놀라운 일이긴 하죠. 제가 기억하기로 시리우스의 동생인 레귤러스는 며칠밖에 못 버텼거든요."

"그랬군요." 위즐리 부인이 이마를 찌푸리며 말했다. "다른 이야기를 하는 게 좋……."

"플로리언 포테스큐 얘기 들으셨어요, 리머스?" 옆에서 플뢰르가 계속 권하는 바람에 와인을 연거푸 마시던 빌이 물었다. "가게 주인 있잖아요, 그……."

"……다이애건 앨리에 있는 아이스크림 가게요?" 해리가 끼어들었다. 가슴속 깊은 곳에서 불쾌하고 텅 빈 느낌이 밀려들었다. "저한테 공짜로 아이스크림을 주시곤 했는데. 그분이 왜요?"

"가게 꼴을 보니 질질 끌려간 게 틀림없어."

"왜?" 위즐리 부인이 나무라듯 빌을 노려보는 사이 론이 물었다.

"누가 알겠어? 어쩌다 그자들 심기를 건드렸나 보지. 좋은 사람이었잖아, 플로리언은."

"다이애건 앨리 얘기가 나와서 말인데." 위즐리 씨가 말했다. "올리밴더 씨도 자취를 감춘 것 같더라."

"마법 지팡이 제작자 아저씨요?" 지니가 깜짝 놀란 얼굴로 말했다.

"그래, 그 사람. 가게가 비어 있어. 몸싸움한 흔적은 없더라고. 제 발로 떠난 건지 납치당한 건지 아무도 몰라."

"하지만 마법 지팡이는…… 이제 마법 지팡이를 사려면 어떻게 해요?"

"다른 제작자들한테 부탁해야지." 루핀이 말했다. "하지만 올리밴더가 최고였어. 저쪽에서 올리밴더를 데려간 거라면 우리한테 별로 좋을 게 없지."

이렇듯 우울한 생일 파티를 한 다음 날, 호그와트에서 편지와 교과서 목록이 도착했다. 해리의 편지에는 놀라운 소식이 담겨 있었다. 그가 퀴디치 팀 주장이 된 것이다.

"그럼 반장들이랑 똑같은 자격을 얻는 거야!" 헤르미온느가 들뜬 목소리로 외쳤다. "이제 우리 전용 욕실이랑 다른 곳도 다 쓸 수 있어!"

"와, 찰리가 그 배지 달았던 거 생각난다." 론이 신이 나서 배지를 살펴보며 말했다. "해리, 끝내준다. 네가 우리 팀 주장이라니. 네가 나를 팀에 남아 있게 해 준다면 말이지만. 하하……."

"자, 이제 이것들이 도착했으니 다이애건 앨리 방문을 더 미룰 수 없겠구나." 위즐리 부인이 론의 교과서 목록을 내려다보며 한숨을 쉬었다. "너희 아빠가 출근하시지만 않는다면 이번 토요일에 갈 거야. 너희 아빠 없이는 안 갈 거니까."

"엄마, 진심으로 '그 사람'이 플러리시 앤 블러츠의 책꽂이 뒤에 숨어 있을 거라고 생각하시는 건 아니죠?" 론이 킬킬거렸다.

"포테스큐랑 올리밴더는 휴가라도 갔다니? 응?" 위즐리 부인이 발끈하며 되받아쳤다. "우리 안전을 생각하는 게 웃을 일로 여겨진다면 넌 여기 남아 있거라. 나 혼자 가서 물건들을 사 올……."

"아뇨, 저도 가고 싶어요. 프레드랑 조지네 가게도 가 보고 싶다고요!" 론이 서둘러 말했다.

"그럼 태도 똑바로 하세요, 총각. 데리고 가기엔 네가 너무 미성숙하다고 결론 내리기 전에!" 위즐리 부인이 시계를 집어 들면서 화를 냈다. 시곗바늘 아홉 개 모두 여전히 '치명적 위험'을 가리키고 있었다. 그녀는 방금 세탁한 수건 더미 위에다 쓰러지지 않도록 시계를 조심스럽게 얹어 놓았다. "호그와트로 돌아가는 문제도 마찬가지야!"

자기 어머니가 빨래 바구니와 그 위에 불안정하게 놓여 있는 시계를 끌어안고 쿵쿵거리며 방을 나가자 론은 고개를 돌려 믿을 수 없다는 듯 해리를 바라보았다.

"제기랄…… 이 집에서는 이제 농담도 하면 안 되나 봐……."

그러면서도 론은 이후 며칠 동안 볼드모트와 관련해서 경솔한 말을 내뱉지 않으려고 조심했다. 토요일이 밝아 올 때까지 위즐리 부인이 분노를 터뜨리는 일은 더 이상 없었지만 아침 식사 시간에 그녀는 아주 긴장한 것처럼 보였다. 플뢰르와 같이 집에 남기로 한(헤르미온느와 지니에게는 아주 기쁜 일이었다) 빌은 식탁 너머로 해리에게 돈이 가득한 자루를 건넸다.

"나는?" 론이 곧바로 눈을 휘둥그렇게 뜨고 물었다.

"저건 원래 해리 거야, 멍청아." 빌이 말했다. "네 지하금고에서 꺼내 왔어, 해리. 지금은 사람들이 돈을 찾는 데 다섯 시간쯤 걸리거든. 고블린들이 보안을 너무 강화해서 말이야. 이틀 전에는 아키 필포트라는 사람을 조사하겠다고 결백 감지기를 그 사람 몸에 꽂았는데, 어디다 꽂았냐면…… 뭐, 날 믿어. 이편이 더 쉬우니까."

"고마워, 빌." 해리가 금화를 주머니에 넣으며 말했다.

"빌응 늘 배려가 넘쳐." 플뢰르가 사랑스럽다는 듯 빌의 코를 어루만지며 애교 섞인 목소리로 말했다. 지니는 플뢰르의 뒤에서 시리얼에 대고 토하는 시늉을 했다. 해리가 콘플레이크를 먹다가 목에 걸려 캑캑대자 론이 그의 등을 두드려 주었다.

구름이 잔뜩 낀 흐린 날이었다. 모두 망토를 여미며 집 밖으로 나오니 마법 정부 특수 차량 한 대가 앞마당에서 기다리고 있었다. 해리가 예전에 한 번 타 본 적이 있는 차였다.

"아빠 덕분에 이 차를 다시 탈 수 있게 돼서 다행이야." 론이 감탄하며 말했다. 빌과 플뢰르가 부엌 창문을 통해 손을 흔드는 가운데 자동차가 매끄럽게 움직여 버로를 떠나자 론은 늘어지게 기지개를 켰다. 그와 해리, 헤르미온느와 지니 모두 널찍한 뒷좌석에 넉넉하게 자리를 잡았다.

"너무 익숙해지지는 마라. 다 해리 덕분이니까." 위즐리 씨가 어깨 너머로 돌아보며 말했다. 그와 위즐리 부인은 정부 운전기사와 함께 앞좌석에 있었는데 앞자리 조수석은 2인용 소파를 갖다 놓은 것처럼 부자연스럽게 늘어나 있었다. "해리한테 최상급 보안 등급이 매겨졌거든. 리키 콜드런에서도 경호 인원이 추가로 합류할 거야."

해리는 아무 말도 하지 않았다. 오러 부대에 둘러싸인 채 쇼핑을 한다니 별로 내키지 않았다. 그의 배낭에는 투명 망토가 들어 있었다. 덤블도어가 그것으로 충분하다고 생각한다면 정부도 그렇게 받아들여야 하지 않을까? 비록 정부가 그 망토에 대해 알고 있는지 확신할 수는 없었지만.

"자, 다 왔습니다." 놀랄 만큼 짧은 시간이 흐른 뒤 운전기사가 채링크로스가에서 속도를 늦춰 리키 콜드런 앞에 멈춰 서면서 처음으로 입을 열었다. "돌아오실 때까지 대기하겠습니다. 얼마나 머무실 건가요?"

"두어 시간이면 될 것 같군요." 위즐리 씨가 말했다. "좋아, 저기 왔구나!"

해리는 위즐리 씨를 따라 창밖을 바라보았다. 심장이 쿵쾅거렸다. 가게 앞에서 기다리고 있는 것은 오러들이 아니라, 거대한 몸에 긴 비버 가죽 코트를 걸치고 검은 턱수염이 덥수룩한 호그와트 숲지기 루비우스 해그리드였다. 그는 지나가는 머글들의 놀란 시선은 안중에도 없는 듯 해리의 얼굴을 보며 환하게 웃고 있었다.

"해리!" 해그리드는 해리가 차에서 내리자마자 뼈를 으스러뜨릴 듯 그를 껴안으며 우렁찬 목소리로 외쳤다. "벅빅…… 그러니까, 위더윙스 말이야. 너도 그 녀석을 봐야 돼, 해리. 탁 트인 곳에 돌아오게 돼서 얼마나 좋아하는지 몰라."

"좋아한다니 다행이네요." 해리는 갈비뼈를 주무르면서 씩 웃었다. "우린 '경호 인원'이 아저씨일 줄 몰랐어요!"

"그러게. 옛날이랑 똑같지? 그게, 정부에서는 오러들을 잔뜩 보내고 싶어 했지만 덤블도어 교수님이 나 하나면 충분할 거라고 하셨거든." 해그리드가 가슴을 쭉 내밀고 양쪽 엄지손가락을 주머니에 쑤셔 넣으며 자랑스럽게 말했다. "그럼, 들어가자. 먼저 들어가, 아서, 몰리."

리키 콜드런은 손님 하나 없이 텅 비어 있었다. 해리의 기억 속에서는 처음 있는 일이었다. 예전에는 붐비던 곳인데 지금은 주름이 쪼글쪼글하고 이가 몽땅 빠진 주인 톰만 남아 있었다. 일행이 들어오자 그는 기대에 차서 눈을 들었지만 그가 입을 열기도 전에 해그리드가 거드름을 피우며 말했다. "오늘은 그냥 지나가는 거야, 톰. 이해하지? 호그와트 관련 임무를 수행하는 중이라서."

톰은 우울하게 고개를 끄덕이더니 다시 유리잔을 닦기 시작했다. 해리, 헤르미온느, 해그리드와 위즐리네 식구들은 바를 지나 쓰레기통 몇 개가 서 있는, 가게 뒤쪽의 싸늘한 작은 뜰로 나갔다. 해그리드가 분홍색 우산을 들어 올려 돌벽의 어떤 벽돌을 두드리자 곧바로 벽이 열리며 구불구불한 자갈길로 이어지는 아치 문을 이루었다. 입구를 지난 그들은 잠시 멈춰 서서 주위를 둘러보았다.

다이애건 앨리는 변해 있었다. 마법 책과 마법약 재료, 솥단지를 전시해 놓고 다채롭게 반짝이던 진열창들은 그 위에 붙여 놓은 마법 정부의 커다란 포스터에 가려 안이 보이지 않았다. 칙칙한 자주색 포스터들은 대부분 마법 정부에서 여름에 발송한 전단지의 보안 사항들을 더 큰 글씨로 싣고 있었지만, 탈옥한 죽음을 먹는 자들의 움직이는 흑백 사진을 담고 있는 것들도 있었다. 벨라트릭스 레스트레인지가 바로 앞에 있는 약재상 입구에서 비웃음을 흘리고 있었다. 플로리언 포테스큐의 아이스크림 가게를 비롯한 몇몇 가게의 창문에는 널빤지가 쳐 있었다. 한편 길거리에는 허름한 가판대들이 끝없이 늘어서 있었다. 근처 플러리시 앤 블러츠 서점 앞에 펼쳐진 가판대 정면에는, 얼룩덜룩한 줄무늬 차양 아래 마분지로 만든 팻말이 붙어 있었다.

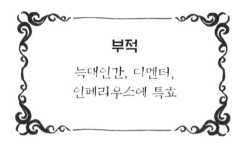

부적

늑대인간, 디멘터,
인페리우스에 특효

작은 몸집의 지저분한 남자 마법사가 사슬에 매달린 은색 부적을 한 아름 들고 있다가 지나가는 사람들에게 짤랑짤랑 흔들었다.

"따님한테 하나 사 주실래요, 부인?" 일행이 지나가자 마법사가 지니를 음흉하게 바라보며 위즐리 부인에게 소리쳤다. "예쁜 목을 지켜 주셔야지?"

"내가 근무 중이기만 했어도……." 위즐리 씨는 화가 나는 듯 부적 판매상에게 눈을 부라렸다.

"그러게. 그래도 지금 누굴 체포할 생각은 하지 마, 여보. 서둘러야 돼." 위즐리 부인이 구입 목록을 초조하게 훑어보며 말했다. "말킨 부인 가게에 먼저 가는 게 좋을 것 같아. 헤르미온느한테 새 정장 로브가 필요하고, 론도 학교 로브를 입으면 발목이 다 보이거든. 그리고 너도 새 로브가 필요하겠구나, 해리. 너무 많이 자랐어. 가자꾸나, 다들."

"몰리, 우리 모두 말킨 부인 가게에 가는 건 말도 안 되는 짓이야." 위즐리 씨가 말했다. "그 세 명은 해그리드랑 가고, 우리는 플러리시 앤 블러츠에 가서 애들 교과서를 사는 게 어때?"

"글쎄." 위즐리 부인이 불안한 듯 말했다. 빨리 쇼핑을 마치고 싶은 마음과 함께 다니고 싶은 마음 사이에서 갈팡질팡하는 게 틀림없었다. "해그리드, 어떻게 생각……?"

"불안해할 것 없어. 나랑 같이 있으면 애들은 괜찮을 거야, 몰리." 해그리드가 쓰레기통 뚜껑만 한 손을 대수롭지 않게 흔들며 달래듯 말했다. 위즐리 부인은 완전히 마음을 놓은 표정은 아니었지만 따로따로 다니는 것을 수락하고, 남편과 지니를 데리고 다급히 플러리시 앤 블러츠로 향했다. 해리, 론, 헤르미온느와 해그리드는 말킨 부인의 가게로 출발했다.

해리는 지나치는 수많은 행인이 위즐리 부인처럼 불안해 어쩔 줄 모르는 표정을 짓고 있는 것을 보았다. 잠깐 멈춰 서서 이야기 나누는 사람도 없었다. 쇼핑하러 온 사람들은 서로 바짝 달라붙어서 무리를 짓고 자기들 볼일에만 열중했다. 혼자 온 사람은 아무도 없는 것 같았다.

"우리가 다 들어가면 좀 비좁겠구나." 해그리드가 어디서나 잘 어울리는 말킨 부인의 로브 전문점 앞에 멈춰 서서 허리를 숙이고 창문을 들여다보며 말했다. "난 밖에서 지키고 있으마. 알았지?"

그래서 해리, 론, 헤르미온느는 다 같이 그 작은 가게에 들어갔다. 언뜻 보기에 가게는 텅 빈 것 같았지만, 뒤에서 문이 홱 닫히자마자 초록색과 파란색 반짝이 장식이 달린 정장 로브가 걸려 있는 옷걸이 뒤에서 귀에 익은 목소리가 들려왔다.

"……어린애가 아니에요. 아직 모르실까 봐 하는 말이지만요, 어머니. 저는 혼자서도 얼마든지 쇼핑할 수 있어요."

혀 차는 소리가 들리더니 해리가 아는 말킨 부인의 목소리가 말했다. "자, 얘야. 너희 어머니 말씀이 맞단다. 어느 누구도 더 이상 혼자 돌아다녀선 안 돼. 어린애고 아니고는 아무 상관 없는……."

"핀 꽂는 자리나 신경 쓰시죠!"

허여멀겋고 갸름한 얼굴에 하얀빛이 도는 금발을 가진

10대 소년이 옷걸이 뒤에서 나타났다. 옷자락과 소매 끝에 반짝거리는 핀들이 꽂힌, 멋들어진 짙은 초록색 로브 차림이었다. 그는 거울 앞으로 성큼성큼 걸어가 자기 모습을 들여다보았다. 잠시 후 그는 어깨 너머로 해리, 론, 헤르미온느를 발견했다. 그의 연회색 눈이 가늘어졌다.

"이게 무슨 냄새인지 궁금하실까 봐 드리는 말씀인데요, 어머니. 방금 머드블러드가 걸어 들어왔어요." 드레이코 말포이가 말했다.

"왜 그런 말을 쓰는지 모르겠구나!" 말킨 부인이 줄자와 마법 지팡이를 들고 옷걸이 뒤에서 종종걸음으로 나오며 말했다. "게다가 내 가게에서 마법 지팡이를 뽑는 것도 원치 않아!" 그녀가 문 쪽을 힐끗 보고 빠르게 덧붙였다. 마법 지팡이를 꺼내 말포이를 겨누고 있는 해리와 론을 발견한 것이다.

약간 뒤에 서 있던 헤르미온느가 속삭였다. "안 돼, 그러지 마. 진심이야. 그럴 가치가 없……."

"감히 학교 밖에서 마법을 쓰겠다?" 말포이가 비웃었다. "네 눈을 멍들게 한 건 누구냐, 그레인저? 꽃이라도 보내 주고 싶네."

"그만하면 됐다!" 말킨 부인이 도움을 구하려고 뒤돌아

보면서 날카롭게 소리쳤다. "부인, 나와 보세요."

나르시사 말포이가 옷걸이 뒤에서 천천히 걸어 나왔다.

"그거 치워." 그녀가 해리와 론에게 차갑게 내뱉었다. "다시 한 번 내 아들을 공격하면, 반드시 그게 너희가 한 마지막 행동이 되게 만들어 줄 테니까."

"정말요?" 해리가 앞으로 한 걸음 나서서, 그토록 창백한데도 무척이나 언니를 닮은 그 매끈하고 도도한 얼굴을 뚫어지게 바라보았다. 해리의 키는 이제 그녀와 비슷했다. "죽음을 먹는 자들을 보내서 우리를 끝장내시려고요?"

말킨 부인이 새된 비명을 지르며 가슴을 부여잡았다.

"정말이지 그런 말은 입에 담지도 말아라……. 그렇게 위험한 말을 하다니……. 제발, 마법 지팡이들 좀 치워!"

하지만 해리는 마법 지팡이를 내리지 않았다. 나르시사 말포이가 기분 나쁜 미소를 지었다.

"덤블도어의 총애를 받다 보니 안전해졌다는 착각이 드는 모양인데, 해리 포터. 덤블도어가 항상 곁에서 널 지켜 주는 건 아니란다."

해리는 가소롭다는 듯 가게 안을 둘러보았다.

"와…… 보세요……. 덤블도어 교수님은 지금 여기 안 계시는데요? 그럼 한번 해 보지 그래요? 사람들이 아즈카반에 아줌마의 패배자 남편이랑 같이 쓸 2인실을 준비해 줄지도 모르는데!"

말포이는 화가 나서 해리에게 다가가려 하다가 너무 긴 로브를 밟고 비틀거렸다. 론이 큰 소리로 웃음을 터뜨렸다.

"우리 어머니한테 감히 그런 식으로 말하지 마라, 포터!" 말포이가 버럭 소리 질렀다.

"괜찮다, 드레이코." 나르시사가 가늘고 하얀 손가락으로 그의 어깨를 붙잡으며 말했다. "내 생각엔 엄마가 아빠랑 다시 만나기 전에 포터가 시리우스랑 다시 만나게 될 것 같으니까."

해리는 마법 지팡이를 더 높이 들어 올렸다.

"해리, 안 돼!" 헤르미온느가 그의 팔을 잡고 끌어 내리려고 애쓰며 신음했다. "생각해 봐……. 그러면 안 돼……. 끔찍한 문제가 벌어질 거야……."

말킨 부인은 그 자리에서 잠깐 머뭇거리더니 아무 일도 일어나지 않기를 바라면서 동시에 아무 일도 일어나지 않은 척하기로 결심한 듯했다. 그녀는 여전히 해리를 노려보고 있는 말포이 쪽으로 허리를 구부렸다.

"왼쪽 소매가 조금 더 올라와야 할 것 같구나, 애야. 내가 좀……."

"아얏!" 말포이가 그녀의 손을 탁 치며 소리쳤다. "핀 꽂는 자리 조심하랬잖아요, 아줌마! 어머니, 이런 일을 더 겪고 싶지는 않은데요."

그는 로브를 머리 위로 끌어 올려 벗더니 말킨 부인의 발밑에 던졌다.

"네 말이 맞다, 드레이코." 나르시사가 헤르미온느를 경멸하듯 힐끗 보고 말했다. "얼마나 천박한 것들이 여기를 들락거리는지 이제야 알겠구나. 트윌피트 앤 태팅에서 맞추는 게 더 낫겠어."

그 말을 끝으로 둘은 가게에서 성큼성큼 걸어 나갔다. 말포이는 나가는 길에 일부러 있는 힘껏 론에게 몸을 부딪쳤다.

"나 참, *정말이지!*" 말킨 부인이 떨어진 로브를 집어 들더니, 로브 위로 마법 지팡이 끝을 진공청소기처럼 움직여 먼지를 빨아들였다.

그녀는 론과 해리의 새 로브 치수를 재는 내내 정신이 딴 데 가 있었고 헤르미온느에게는 여자 마법사가 아닌 남자 마법사의 정장 로브를 팔려고 했다. 그리고 마침내 허리 숙여 인사하면서 그들을 가게에서 내보낼 때는 기뻐하는 기색이 역력했다.

"다 샀냐?" 그들이 다시 나타나자 해그리드가 밝은 목소리로 물었다.

"대충요." 해리가 말했다. "말포이랑 걔 엄마 보셨어요?"

"응." 해그리드가 무심히 말했다. "하지만 다이애건 앨리 한복판에서 감히 문제를 일으키진 못할 거다, 해리. 그건 걱정하지 마."

해리, 론, 헤르미온느는 서로 시선을 주고받았다. 하지만 해그리드의 이런 속 편한 생각을 바로잡아 주기도 전에 위즐리 부부와 지니가 나타났다. 모두 묵직하니 책 한 꾸러미씩을 들고 있었다.

"별일 없었지?" 위즐리 부인이 물었다. "로브 샀니? 좋아. 그럼, 프레드랑 조지네 가게로 가는 길에 약재상이랑 아일롭스 부엉이 상점에 잠깐 들를 수 있겠구나. 자, 딱 붙어서 다니렴."

해리도 론도 더 이상 마법약을 공부할 일이 없다는 것을 알기에 약재상에서는 아무것도 사지 않았지만, 아일롭스 부엉이 상점에서는 헤드위그와 피그위전에게 줄 부엉이 견과류를 큰 상자로 여러 개 샀다. 그런 다음, 위즐리 부인이 1분마다 손목시계를 확인하는 가운데 그들은 프레드와 조지가 운영하는 '위즐리 형제의 위대하고 위험한 장난감 가게'를 찾아 거리를 나아갔다.

"정말 시간이 별로 없어." 위즐리 부인이 말했다. "그러니까 그냥 빠르게 둘러만 보고 차로 돌아갈 거야. 바짝 붙어 있어야 한다. 여기가 92번지…… 94번지……."

"우아." 론이 걸음을 멈추고 감탄을 내뱉었다.

포스터로 뒤덮인 단조로운 주변 가게들 사이에서 마치 불꽃놀이를 전시해 놓은 것 같은 프레드와 조지의 진열창이 눈에 확 들어왔다. 무심하게 지나가던 사람들이 어깨 너머로 진열창을 돌아보았고, 몇몇은 깜짝 놀란 표정으로 얼어붙은 듯 멈춰 섰다. 왼쪽 진열창은 빙빙 돌고 펑펑 터지고 번쩍이며 튀어 다니고 비명을 질러 대는 온갖 물건으로 가득해 머리가 어지러웠다. 해리는 그것을 보는 것만으로도 눈이 시릴 지경이었다. 오른쪽 진열창은 거대한 포스터로 뒤덮여 있었는데, 그것은 정부의 포스터처럼 자주색이었지만 번뜩이는 노란색 글자가 선명하게 새겨져 있었다.

그 사람(you-know-who)을 왜 걱정하십니까?
그 응가(u-no-poo)를 걱정하셔야죠!
이 나라를 사로잡고 있는

변비 돌풍!

해리는 웃음을 터뜨렸다. 곁에서 나지막한 신음 소리가 들려 고개를 돌려 보니 위즐리 부인이 멍하니 그 포스터를 바라보고 있었다. 그녀의 입술이 달싹이며 '그 응가'라는 말을 조용히 되뇌었다.

"저 녀석들, 저러다 자다가 목숨을 잃고 말 거야." 그녀가 속삭였다.

"아닐걸요!" 해리와 마찬가지로 웃고 있던 론이 말했다. "여기 진짜 끝내준다!"

그와 해리는 앞장서서 가게로 들어갔다. 안은 손님으로 가득했다. 해리는 진열대 근처에도 갈 수 없었다. 그는 천장까지 쌓여 있는 상자들을 올려다보았다. 쌍둥이들이 끝마치지 못한 호그와트에서의 마지막 학년 동안 완성한 꾀병 과자 세트가 보였다. 진열대에 잔뜩 구겨진 상자 하나만 남아 있는 것을 보니 코피 캔디가 가장 인기가 많은 모양이었다. 속임수 마법 지팡이가 잔뜩 들어 있는 통도 있었다. 휘두르면 고무 닭이나 팬티로 변해 버리는 가장 값싼 것부터 방심한 사용자의 머리와 목을 마구 두들기는 비싼 것까지 종류가 다양했다. 깃펜도 여러 상자 있었는데 자동 잉크 채우기나 맞춤법 교정 기능이 달린 것뿐만 아니라 알아서 재치 있는 답을 쓰는 기능을 갖춘 것도 있었다.

해리는 사람들 사이를 비집고 계산대 쪽으로 갔다. 그곳에
서는 신이 난 열 살짜리 아이들 한 무리가, 나무로 만든 아
주 작은 사람이 진짜 교수형틀 계단을 천천히 올라가는 모
습을 지켜보고 있었다. 나무 인형과 교수형틀 둘 다 어떤
상자 위에 놓여 있었는데, 그 상자에는 이렇게 적혀 있었
다. '재사용 가능한 행맨! 철자를 못 맞히면 목이 대롱대롱
매달립니다!'

"'특허 받은 몽상 마법'……."

계산대 근처 커다란 진열대가 있는 곳으로 간신히 빠져
나온 헤르미온느는 해적선 갑판에 선 잘생긴 젊은이와 황
홀해서 졸도하려는 소녀가 그려진 아주 화려한 상자 뒷면
의 상품 설명을 읽고 있었다.

  간단한 주문 하나로 30분 동안 현실감 넘치는 최고급 공상
에 빠져 보세요. 웬만한 학교 수업 시간에도 쉽게 사용할 수
있으며 들킬 염려가 없습니다(부작용으로 멍한 표정을 지
을 수 있고, 경미하게 침을 흘릴 수 있습니다). 16세 미만에
게는 판매하지 않습니다.

"저기……." 헤르미온느가 해리를 올려다보며 말했다.

"이거 정말 굉장한 마법이다!"

"그렇다면 말이지, 헤르미온느." 등 뒤에서 누군가가 말을 걸었다. "공짜로 하나 줄게."

프레드가 활짝 웃으며 눈앞에 서 있었다.

그는 불타오르는 듯한 머리카락 색깔과 어우러져 눈을 어지럽게 만드는 자홍색 로브 차림이었다.

"잘 있었어, 해리?" 그들은 악수를 나눴다. "너 눈은 왜 그래, 헤르미온느?"

"두 사람이 만든 주먹질하는 망원경 때문이야." 그녀가 심히 유감스럽다는 듯 말했다.

"아, 제기랄. 그걸 잊고 있었네." 프레드가 말했다. "자……."

그는 주머니에서 웬 튜브 하나를 꺼내더니 그녀에게 건넸다. 그녀가 조심스럽게 튜브 마개를 돌려 열자 걸쭉한 노란색 연고가 나왔다.

"그냥 발라 봐, 한 시간이면 멍이 없어질 거야." 프레드가 말했다. "괜찮은 멍 치료제를 찾아야 했거든. 우리 상품은 대부분 우리가 직접 시험하고 있으니까."

헤르미온느는 긴장한 표정이었다. "안전하긴 한 거지?"

"당연하지." 프레드가 쾌활하게 말했다. "자, 해리. 구경시켜 줄게."

해리는 멍든 눈에 연고를 바르는 헤르미온느를 뒤로하고 프레드를 따라 가게 안쪽으로 향했다. 카드와 끈 장난감 들이 놓여 있는 진열대가 보였다.

"머글 마술 도구야!" 프레드가 그것들을 가리키며 즐겁게 말했다. "아빠 같은 괴짜들을 위한 거지. 알잖아, 머글 물건 좋아하는 사람들. 인기 상품은 아니지만 꽤 꾸준히 팔리고 있어. 아주 기발해……. 아, 조지가 여기 있었네……."

프레드의 쌍둥이가 해리와 활기차게 악수했다.

"구경시켜 주고 있냐? 더 안쪽으로 와 봐, 해리. 실제로 돈을 벌어다 주는 것들은 저기 있거든. ……어디 슬쩍해 봐, 꼬맹아. 갈레온보다 비싼 대가를 치르게 될 테니!" 그가 남자아이 하나에게 경고하듯 말했다. 아이는 '먹을 수 있는 어둠의 징표: 누구라도 아프게 만듭니다!'라는 이름표가 붙어 있는 통에서 허겁지겁 손을 뗐다.

조지가 머글 마술 용품 옆에 있는 커튼을 걷자 좀 더 어둡고 덜 붐비는 공간이 드러났다. 이곳 진열대에 늘어선 상품들은 그나마 덜 요란하게 포장되어 있었다.

"여기 있는 진지한 상품들은 이제 막 개발하기 시작한

거야." 프레드가 말했다. "그렇게 된 과정이 참 재미있는데……."

"믿기 어렵겠지만 방패 마법을 제대로 걸 줄 아는 사람은 드물어. 심지어 정부에서 일하는 사람들도 잘 모르더라고." 조지가 말했다. "물론 그 사람들한테는 너 같은 선생이 없었으니까, 해리."

"그래, 맞아……. 우린 방패 모자를 만들면 웃길 거라고 생각했어. 뭐랄까, 모자를 쓰고서 친구한테 장난 마법을 걸어 보라고 유도한 다음 그것이 튕겨 나갈 때 그 친구의 얼굴을 보면 웃기지 않겠어? 그런데 정부에서 보조 인력 전원한테 공급하겠다고 그걸 500개나 사 간 거야! 지금도 대량 주문이 들어오고 있어!"

"그래서 방패 망토, 방패 장갑 등등 종류를 다양하게 늘렸는데……."

"뭐, 용서받지 못하는 저주를 상대로는 별로 도움이 못 되겠지만, 약한 것부터 중간 정도 되는 공격 마법이나 장난 마법에는……."

"그다음에는 어둠의 마법 방어법 영역에 본격적으로 뛰어들어야겠다고 생각했어. 이거야말로 톡톡히 돈이 되거든." 조지가 열정적으로 말을 이었다. "정말 끝내줘. 봐 봐,

즉석 암흑 가루야. 페루에서 수입해 오고 있어. 재빨리 도
망치고 싶을 때 편리해."

"그리고 미끼 나팔은 날개 돋친 것처럼 팔리고 있어.
봐." 프레드가 이상하게 생긴 검은색 나팔 같은 것들을 가
리켰다. 그것들은 정말 날개라도 돋친 것처럼 허둥지둥 보
이지 않는 곳으로 달아나려 하고 있었다. "하나를 어딘가
에 몰래 떨어뜨리면 이것들이 보이지 않는 곳으로 달아나
서 아주 시끄러운 소리를 내. 필요할 때 사람들의 주의를
다른 데로 돌릴 수 있지."

"쓸모 있겠는데." 해리가 감탄했다.

"자." 조지가 두어 개를 집어 해리에게 건네주며 말했다.

짧은 금발의 젊은 여자 마법사가 커튼 사이로 고개를 내
밀었다. 해리가 보니 그녀 역시 자홍색 직원 로브를 입고
있었다.

"장난 솥단지를 찾는 손님이 와 있어요, 두 분 위즐리 사
장님." 그녀가 말했다.

해리는 프레드와 조지가 '위즐리 사장님'이라고 불리는
것을 듣자 기분이 너무 이상했지만 그들은 아무렇지도 않
게 받아들였다.

"알았어요, 베리티. 내가 갈게요." 조지가 신속하게 말했

다. "해리, 뭐든 너 갖고 싶은 대로 가져가. 알았지? 공짜야."

"그럴 순 없어!" 해리가 소리쳤다. 그는 이미 미끼 나팔 값을 내려고 돈 주머니를 꺼내 놓고 있었다.

"너한테선 돈 안 받아." 해리가 내민 금화를 거절하며 프레드가 단호하게 말했다.

"하지만……."

"우리한테 창업 자금을 대 준 사람이 바로 너잖아. 우린 그 사실을 잊지 않았어." 조지가 완고하게 말했다. "뭐든 갖고 싶은 게 있으면 가져가. 다만 사람들이 물으면 잊지 말고 어디서 났는지 말해 줘."

조지는 손님들을 맞으러 커튼 밖으로 사라졌다. 프레드는 해리를 다시 가게 중심부로 데려갔다. 헤르미온느와 지니는 여전히 특허 받은 몽상 마법을 들여다보고 있었다.

"숙녀분들, 아직 우리 특별 원더위치(WonderWitch) 제품 못 봤지?" 프레드가 물었다. "따라오세요, 손님……."

진열창 근처에 휘황찬란한 분홍색 상품들이 놓여 있고 신이 난 소녀들이 그 주위에 모여 서서 정신없이 키득거리고 있었다. 헤르미온느와 지니 둘 다 경계하는 표정으로 그곳에서 물러섰다.

"자, 이거야." 프레드가 자랑스럽게 말했다. "어디에서도 살 수 없는 최고급 사랑의 묘약이지."

지니는 의심스러운 듯 눈썹을 치켜떴다. "효과가 있어?"

"당연히 있지. 한 번 먹으면 24시간 지속된다고. 상대 남
자애 몸무게에 따라 다르지만……."

"여자애의 매력도에 따라서도." 조지가 갑자기 옆에 나
타나 말했다. "하지만 우리 여동생한테는 안 팔아." 그가
갑자기 근엄한 말투로 덧붙였다. "듣기로는 이미 대략 다
섯 명의 남자애들이 줄을 서고 있다던데……."

"론이 뭐라고 했는지는 모르겠지만 다 새빨간 거짓말이
야." 지니가 차분하게 말하며, 몸을 구부려 진열대에서 작
은 분홍색 병을 꺼냈다. "이건 뭐야?"

"품질 보증된 '10초 만에 여드름 없애는 약'이야." 프레드
가 말했다. "종기는 물론 블랙헤드까지 온갖 피부 질환에
잘 듣지만 말 돌리지 말고, 지금 딘 토머스라는 애랑 사귄
다며? 아니야?"

"사귀고 있어." 지니가 말했다. "근데 지난번에 봤을 때
걔는 다섯 명이 아니라 확실히 한 명이었어. 저건 뭐야?"

그녀가 분홍색과 자주색의 솜뭉치 같은 것들을 가리켰
다. 그것들은 새장 바닥을 굴러다니며 높은 소리로 꽥꽥대
고 있었다.

"피그미 퍼프." 조지가 말했다. "아주 작은 퍼프스킨이야. 너무 빨리 팔려서 새끼 치는 속도가 못 따라갈 정도야. 그럼 마이클 코너는?"

"걘 차 버렸어. 너무 찌질해서." 지니가 새장 안으로 손가락을 집어넣고 피그미 퍼프들이 그 주위로 몰려드는 모습을 지켜보며 말했다. "정말 귀엽다!"

"꼭 안아 주고 싶은 녀석들이지. 맞아." 프레드가 수긍했다. "그런데 너 남자 친구를 너무 금방 갈아치우는 거 아냐?"

지니는 양손을 허리에 얹고 그를 돌아보았다. 노려보는 그 눈빛이 얼마나 위즐리 부인을 닮았는지, 해리는 프레드가 움츠러들지 않는 게 놀라울 지경이었다.

"오빠가 상관할 일 아냐. 그리고 고마워 죽겠다, 론." 그녀는 물건을 잔뜩 들고 방금 조지 옆에서 나타난 론에게 화난 목소리로 덧붙였다. "이 두 사람한테 내 얘기를 떠벌리지 않아 줘서."

"3갈레온 9시클 1크넛 되겠습다." 프레드가 론이 잔뜩 안고 있는 상자들을 살펴보며 말했다. "토해 내세요."

"난 동생이잖아!"

"그리고 네가 슬쩍해 가려는 물건들은 우리 거고. 3갈레온하고 9시클. 크넛은 깎아 주마."

"난 3갈레온 9시클 없단 말이야!"

"그럼 전부 도로 갖다 놓는 게 좋겠네. 반드시 제자리에 갖다 놓도록 해."

론은 상자 몇 개를 떨어뜨리고 욕설을 내뱉더니 프레드에게 저속한 손짓을 해 보이다가 불행하게도 그 순간 나타난 위즐리 부인에게 들키고 말았다.

"한 번만 더 그런 짓 하는 게 내 눈에 띄었단 봐라. 저주를 걸어서 네 손가락을 죄다 붙여 버릴 테다." 그녀가 호통쳤다.

"엄마, 피그미 퍼프 한 마리 키우면 안 돼요?" 지니가 곧바로 물었다.

"뭘 키운다고?" 위즐리 부인이 경계하듯 되물었다.

"보세요, 너무 귀여워요……."

위즐리 부인이 피그미 퍼프를 보려고 옆으로 움직인 덕에 해리, 론, 헤르미온느는 순간적으로 아무것도 가리지 않은 창밖을 볼 수 있었다. 드레이코 말포이가 혼자서 급하게 거리를 걷고 있었다. 그는 위즐리 형제의 위대하고 위험한 장난감 가게를 지나며 어깨 너머를 힐끗 돌아보았다. 잠시 후 말포이가 진열창 밖으로 사라지면서 그들은 그의 모습을 놓치고 말았다.

"쟤 엄마는 어디 갔지?" 해리가 얼굴을 찌푸리며 물었다.

"보아하니 따돌린 것 같은데." 론이 말했다.

"하지만, 왜?" 헤르미온느가 물었다.

해리는 아무 말도 하지 않고 골똘히 생각에 잠겼다. 나르시사 말포이가 선뜻 자신의 금쪽같은 아들이 쉽게 시야를 벗어나도록 놔뒀을 리는 없었다. 말포이는 어머니의 시야에서 벗어나려고 별짓을 다 했을 게 틀림없다. 말포이를 너무도 잘 알고 또 그만큼 싫어하는 해리는 그가 순수한 의도로 그랬을 리 없다고 확신했다.

해리는 주위를 쓱 둘러보았다. 위즐리 부인과 지니는 허리를 구부리고 피그미 퍼프들을 들여다보고 있었다. 위즐리 씨는 들뜬 표정으로 머글용 트럼프 카드를 살펴보느라 정신이 없었다. 프레드와 조지는 둘 다 손님들을 맞고 있었다. 유리창 밖에서는 해그리드가 그들을 등지고 서서 거리 이쪽저쪽을 살피고 있었다.

"이 밑으로 들어와, 빨리." 해리가 가방에서 투명 망토를 꺼내며 말했다.

"우리…… 이래도 되는 걸까, 해리." 헤르미온느가 위즐리 부인을 곁눈질하며 망설였다.

"아, *빨리!*" 론이 말했다.

그녀는 잠깐 더 망설이더니 해리, 론과 함께 망토 밑으로 들어갔다. 아무도 그들이 사라지는 것을 눈치채지 못했다. 다들 프레드와 조지의 상품들에 온통 정신이 팔려 있었던 것이다. 해리, 론, 헤르미온느는 최대한 빠르게 인파를 헤치고 문으로 향했지만 길거리에 나왔을 때 말포이는 이미 자취를 감춘 뒤였다.

"저쪽으로 가고 있었어." 해리가 콧노래를 부르는 해그리드에게 들리지 않도록 목소리를 최대한 낮추고 말했다. "가자."

그들은 양옆을 살피며 빠르게 가게들을 지나갔다. 마침내 헤르미온느가 앞을 가리켰다.

"저기 말포이 아냐?" 그녀가 속삭였다. "왼쪽으로 도는 사람?"

"뭐, 놀랄 것도 없네." 론이 속삭였다.

말포이가 주위를 둘러보더니 녹턴 앨리로 슬쩍 들어가 버린 것이다.

"서두르자. 놓치겠어." 해리가 속도를 높이며 말했다.

"이러다 우리 발이 보이겠어!" 망토가 발목 근처에서 조금씩 펄럭이자 헤르미온느가 불안한 듯 말했다. 요즘 들어 망토에 셋 모두 몸을 숨기기가 훨씬 어려워졌다.

"상관없어." 해리가 조바심을 내며 말했다. "빨리 가기나 해!"

어둠의 마법만을 다루는 골목인 녹턴 앨리는 사람들의 발길이 완전히 끊긴 것 같았다. 그들은 지나가면서 진열창들을 들여다봤지만 손님이 있는 가게는 전혀 없는 듯했다. 요즘처럼 위험하고 수상한 시기에 어둠의 마법 관련 물건을 사는 건, 아니 적어도 그런 물건을 사다가 남의 눈에 띄는 것은 은연중에 정체를 드러내는 일일 것 같았다.

헤르미온느가 그의 팔을 세게 꼬집었다.

"아얏!"

"쉿! 봐! 저기 있어!" 그녀가 해리의 귀에 속삭였다.

그들은 해리가 녹턴 앨리에서 유일하게 가 본 적이 있는 가게, 보긴 앤 버크에 이르러 있었다. 그 가게는 온갖 불길한 물건을 파는 곳이었다. 해골과 낡은 유리병으로 가득한 진열장들 한가운데 드레이코 말포이가 그들에게 등을 돌리고 서 있었다. 해리가 한때 말포이와 그의 아버지를 피해 숨어 있었던 바로 그 검은 캐비닛 뒤로 간신히 그의 모습이 보였다. 손동작을 보니 말포이가 한창 말을 하고 있는 것 같았다. 가게 주인이자, 기름진 머리카락에 어깨가 구부정한 남자인 보긴 씨가 말포이를 마주 보고 서 있었다. 보긴 씨는 분노와 두려움이 뒤섞인 묘한 표정을 짓고 있었다.

"무슨 말을 하는지 들을 수만 있으면!" 헤르미온느가 말했다.

"들을 수 있어!" 론이 흥분해서 말했다. "잠깐만…… 제기랄……."

그는 그때까지도 들고 있던 상자들 중 가장 큰 것을 만지작거리다가 두어 개를 떨어뜨렸다.

"길어지는 귀야. 봐!"

"멋지다!" 헤르미온느가 감탄하는 사이 론은 긴 살구색 끈을 풀어 문 밑으로 밀어 넣기 시작했다. "문에 철벽 마법이 걸려 있지 않았으면 좋겠는데…… 안 걸려 있다!" 론이 신나서 말했다. "들어 봐!"

그들은 머리를 맞대고 끈 끄트머리에 열심히 귀를 기울였다. 라디오를 켜 둔 것처럼 말포이의 목소리가 크고 똑똑하게 들려왔다.

"……고치는 방법을 아냐니까?"

"알 수도 있지요." 보긴 씨가 말했다. 확답을 줄 생각은 전혀 없다는 티가 나는 말투였다. "그래도 한번 봐야 합니다. 가게로 가져오지 그러세요?"

"못 가져와." 말포이가 말했다. "그대로 놔둬야 된다고. 그냥 방법만 알려 줘."

해리는 보긴 씨가 초조한 듯 입술을 핥는 모습을 보았다.

"그게, 보지 않고서는 아주 어려운 일이라고밖에는 말할 수 없어요. 아마 불가능할 겁니다. 아무것도 보장해 드릴 수 없어요."

"안 된다고?" 해리는 말포이의 말투만으로 그가 비웃고 있다는 것을 알았다. "아마 이거면 좀 더 자신감이 생길지 모르겠는데."

그가 보긴 씨 쪽으로 움직이자 그의 모습이 캐비닛에 가려졌다. 해리, 론, 헤르미온느는 발을 끌며 옆으로 움직여 말포이를 계속 시야에 두려고 했지만, 보이는 거라곤 몹시 두려워하는 보긴 씨의 얼굴뿐이었다.

"누구한테든 입만 뻥긋하면……." 말포이가 말했다. "대가를 치르게 될 거야. 펜리르 그레이백 알지? 우리 가문하고 돈독한 사이거든. 그레이백이 가끔씩 들러서 당신이 이 문제에 얼마나 관심을 기울이고 있는지 확인할 거야."

"그럴 것까지……."

"그건 내가 결정할 문제야." 말포이가 말했다. "그럼 이만 가 봐야겠어. 저 나머지 하나를 안전하게 보관하는 것 잊지 마. 나중에 써야 하니까."

"혹시 지금 가져가는 건……?"

"아니. 그걸 말이라고 해? 멍청하긴. 저걸 들고 길거리를 돌아다니면 어떻게 보이겠어? 그냥 팔지만 말라니까."

"당연히 그래야죠…… 도련님."

보긴 씨는 드레이코에게 깊숙이 허리 숙여 인사했다. 해리는 예전에 보긴 씨가 루시우스 말포이에게 저러는 것을 본 적이 있었다.

"아무한테도 절대 말하지 마, 보긴. 우리 어머니한테도 마찬가지야. 알았어?"

"그럼요, 물론이죠." 보긴 씨가 다시 허리를 구부리며 웅얼거렸다.

잠시 뒤 말포이가 아주 흡족한 표정으로 가게에서 의기양양하게 걸어 나오자 문 위에 달린 종이 시끄럽게 딸랑거렸다. 말포이가 어찌나 아슬아슬한 거리에서 지나갔는지 해리, 론, 헤르미온느는 투명 망토가 무릎 근처에서 펄럭이는 것을 느꼈다. 가게 안에서는 보긴 씨가 그 자세 그대로 굳어 있었다. 번지르르한 미소는 사라지고 얼굴에는 근심이 가득했다.

"뭔 소리를 한 걸까?" 론이 길어지는 귀를 다시 감으며 속삭였다.

"모르겠어." 해리가 열심히 머리를 굴리며 말했다. "뭘 고치고 싶어 하던데…… 그리고 저기에 뭔가를 계속 맡겨 두고 싶어 했고……. '저거'라고 할 때 말포이가 뭘 가리켰는지 봤어?"

"아니, 저 캐비닛에 가려서……."

"너희 둘은 여기 있어." 헤르미온느가 속삭였다.

"너 뭐 하……?"

하지만 헤르미온느는 이미 투명 망토 아래에서 빠져나간 뒤였다. 그녀는 유리창에 자기 모습을 비춰 보며 머리카락을 매만진 다음 당당한 발걸음으로 가게에 들어갔다. 그 바람에 또다시 종이 딸랑거렸다. 론은 길어지는 귀를 문 밑으로 재빨리 다시 밀어 넣고 끈 한 가닥을 해리에게 건넸다.

"안녕하세요? 끔찍한 아침이네요. 그죠?" 헤르미온느가 보긴 씨에게 밝은 목소리로 인사를 건넸다. 보긴 씨는 대답 대신 의심스러운 눈으로 그녀를 바라보았다. 헤르미온느는 명랑하게 콧노래를 부르며, 뒤죽박죽 전시된 물건들 사이를 어슬렁거리기 시작했다.

"이 목걸이는 파는 건가요?" 그녀가 유리 진열장 앞에 멈춰 서서 물었다.

"1,500갈레온이 있다면야." 보긴 씨가 차갑게 말했다.

"아, 아녜요, 그렇게 큰돈은 없어요." 헤르미온느가 다시 걸어가며 말했다. "그럼…… 이 사랑스러운…… 음…… 해골은요?"

"16갈레온."

"그럼 파는 거네요? 누가…… 맡아 놓거나 그런 건 아니고요?"

보긴 씨는 눈을 가늘게 뜨고 그녀를 바라보았다. 해리는 보긴 씨가 헤르미온느의 꿍꿍이를 정확히 알고 있다는 불길한 예감이 들었다. 헤르미온느도 간파당했다고 느꼈는지 갑자기 대담하게 행동했다.

"그게, 그러니까, 어…… 방금 여기 들어온 남자애 말이에요, 드레이코 말포이. 걔가 제 친구거든요. 생일 선물을 해 주고 싶은데, 벌써 뭔가 맡아 놓은 게 있다면 당연히 똑같은 걸 주고 싶지는 않아서…… 음…….."

해리가 듣기에 전혀 설득력 없는 이야기였고 보긴 씨도 그렇게 생각한 게 틀림없었다.

"나가." 그가 날카롭게 소리쳤다. "나가라고!"

헤르미온느는 그가 다시 소리를 지르기 전에 서둘러 문으로 향했다. 보긴 씨가 그런 그녀를 바짝 쫓아왔다. 종이 또 한 번 딸랑거렸다. 보긴 씨는 문을 쾅 닫고 '영업 종료' 팻말을 걸었다.

"아, 뭐." 론이 헤르미온느에게 다시 투명 망토를 뒤집어 씌우며 말했다. "시도해 볼 만했어. 근데 좀 티 나더라."

"그럼 다음번엔 네가 시범을 보여 주지 그래, 이 미스터리의 달인아!" 그녀가 쏘아붙였다.

론과 헤르미온느는 위즐리 형제의 위대하고 위험한 장난감 가게로 돌아가는 내내 티격태격했다. 하지만 가게에 다다르자 그들이 없는 걸 알고 몹시 걱정스러운 표정을 짓고 있는 위즐리 부인과 해그리드의 눈에 띄지 않기 위해 말다툼을 멈출 수밖에 없었다. 해리는 가게에 들어가자마자 재빨리 투명 망토를 벗어서 가방에 숨기고, 위즐리 부인의 꾸지람에 지금껏 내내 안쪽 방에 있었는데 그녀가 제대로 살펴보지 않아서 못 본 거라고 우기는 두 사람에게 가담했다.

7장

민달팽이클럽

　해리는 방학 마지막 주를 대부분 말포이가 녹턴 앨리에
서 한 행동이 무엇을 의미하는지 골똘히 생각하며 보냈다.
가장 마음에 걸리는 것은 가게를 나서는 말포이의 얼굴에
떠올랐던 흡족한 표정이었다. 말포이가 그렇게 기분 좋은
표정을 지을 정도라면 그게 무엇이든 좋은 소식일 리 없었
다. 하지만 론과 헤르미온느는 자신만큼 말포이의 행동에
대해 궁금해하지 않는 듯해서 해리는 살짝 화가 났다. 적
어도 며칠이 지나자 두 사람 모두 그 이야기에 질린 것 같
았다.

　"그래, 나도 수상한 것 같다고 이미 말했잖아, 해리." 헤
르미온느가 조금 짜증스럽게 말했다. 그녀는 프레드와 조

지의 방 창턱에 앉아 종이 상자들 중 하나에 발을 올려놓고 있다가 내키지 않는 듯 《고급 룬문자 번역》에서 시선을 뗐다. "근데 이유는 아주 많을 수 있다는 데 우리 모두 동의하지 않았어?"

"어쩌면 '영광의 손'을 망가뜨렸는지도 몰라." 론이 자신 없이 말했다. 그는 빗자루 꼬리의 구부러진 잔가지들을 펴려 애쓰고 있었다. "말포이가 가지고 있던 그 쭈그러든 팔 기억나지?"

"하지만 '저 나머지 하나를 안전하게 보관하는 것 잊지 마'라고 한 건?" 해리가 몇 번째인지도 모를 질문을 내뱉었다. "내가 듣기에는 보긴이 그 망가진 물건 중 다른 하나를 가지고 있는 것 같아. 말포이는 그 물건을 두 개 다 갖고 싶어 하는 거고."

"그래?" 론이 이제는 빗자루 손잡이에 묻은 때를 문질러 닦으며 말했다.

"그래, 그런 것 같아." 해리가 말했다. 론도, 헤르미온느도 대꾸하지 않자 그가 다시 말했다. "말포이의 아버지는 아즈카반에 있어. 말포이가 복수하고 싶어 할 거라는 생각 안 들어?"

론이 눈을 끔뻑이며 시선을 들었다.

"말포이가 복수를 한다고? 걔가 뭘 어쩌겠어?"

"내 말이 그거야, 나도 그걸 모르겠다고!" 해리가 답답해하며 말했다. "하지만 그 자식은 뭔가를 꾸미고 있고, 난 우리가 그 사실을 심각하게 받아들여야 한다고 생각해. 그 자식 아버지가 죽음을 먹는 자니까. 그리고……."

해리는 말을 멈췄다. 그는 헤르미온느 뒤의 창문에 눈을 고정한 채 입을 쩍 벌리고 있었다. 아주 놀라운 생각이 막 떠오른 것이다.

"해리?" 헤르미온느가 불안한 목소리로 물었다. "왜 그래?"

"또 흉터가 아픈 건 아니지?" 론이 초조하게 물었다.

"그 자식이 죽음을 먹는 자인 거야." 해리가 천천히 말했다. "죽음을 먹는 자가 돼서 자기 아버지 자리를 대신한 거라고!"

잠깐 침묵이 흐르다가 론이 웃음을 터뜨렸다.

"말포이가? 걘 열여섯 살이야, 해리! '그 사람'이 말포이를 끼워 줬겠냐?"

"그럴 가능성은 아주 낮아 보여, 해리." 헤르미온느가 뭔가를 억지로 참는 듯한 목소리로 말했다. "왜 그런 생각을……?"

"말킨 부인의 가게에서 말이야. 말킨 부인이 소매를 걷어 올리려고 하니까 그 자식은 말킨 부인이 건드리기도 전에 소리를 지르면서 팔을 홱 치웠잖아. 왼팔이었어. 거기에 어둠의 징표가 찍힌 거야."

론과 헤르미온느가 서로를 바라보았다.

"글쎄……." 론이 전혀 납득하지 못한 목소리로 말했다.

"내 생각엔 그냥 거기서 나가고 싶어서 그런 것 같아, 해리." 헤르미온느가 말했다.

"그 자식이 보긴에게 뭔가를 보여 줬는데 우리한테는 그게 뭔지 안 보였잖아." 해리는 고집스럽게 밀어붙였다. "보긴은 그걸 보고 굉장히 겁을 먹었고. 그 징표였던 거야. 확실해. 말포이가 보긴한테 거래 상대가 누구인지 보여 준 거지. 보긴이 걔 말을 얼마나 심각하게 받아들이는지 봤잖아!"

론과 헤르미온느는 다시 시선을 주고받았다.

"잘 모르겠어, 해리……."

"그래, 난 여전히 '그 사람'이 말포이를 끼워 줬을 거라는 생각은 안 들어……."

짜증이 치밀었지만 자기 생각이 절대로 옳다고 확신한 해리는 더러워진 퀴디치 로브 더미를 집어 들고 방을 나섰다. 며칠 전부터 위즐리 부인이 빨랫감과 짐 싸는 일을 마지막 날까지 남겨 놓지 말라고 재촉하던 터였다. 그는 층계참에서, 세탁한 옷가지들을 들고 자기 방으로 돌아가던 지니와 부딪쳤다.

"나라면 지금 부엌에 안 들어갈 거야." 그녀가 경고했다. "가래침투성이거든."

"밟고 미끄러지는 일 없도록 조심할게." 해리가 씩 웃으며 말했다.

아니나 다를까, 부엌에 들어갔더니 플뢰르가 식탁에 앉아 빌과의 결혼식을 어떻게 치를 것인지 들뜬 목소리로 떠들어 대고 있었다. 한편 위즐리 부인은 부아가 치미는 표정을 짓고, 스스로 껍질을 벗겨 내는 방울양배추를 지켜보고 있었다.

"……빌이랑 저능 신부 들러리를 딱 두 명만 두기로 결정했어요. 지니랑 가브리엘이 같이 있으명 아주 사랑스러워 보일 거예요. 옅응 황금색 옷을 입힐까 생각 중이에요. 분홍색은 붕명히 지니의 머리카락에 끔찍하게 앙 어울릴 테니……."

"아, 해리!" 위즐리 부인이 플뢰르의 독백을 끊으며 큰 소리로 말했다. "잘 왔다, 그렇잖아도 내일 호그와트로 갈 때 보안 사항들에 대해 설명해 주고 싶었는데. 이번에도 마법 정부 자동차를 타고 갈 거란다. 역에서는 오러들이 기다리고 있을 거고."

"통스도 올까요?" 해리가 퀴디치 로브들을 건네며 물었다.

"아니, 그럴 것 같진 않구나. 아서 말로는 다른 곳에 배치됐대."

"제정싱이 아니에요, 그 통스라는 사람." 플뢰르가 티스푼 뒷면에 비친, 충격적일 만큼 아름다운 자신의 모습을 찬찬히 뜯어보며 혼잣말을 했다. "큰 실수예요. 제 생각에능……."

"그래, 고맙구나." 위즐리 부인이 냉랭한 목소리로 플뢰르의 말을 다시 끊었다. "가 보렴, 해리. 되도록 오늘 밤에 가방을 싸 두는 게 좋겠다. 그래야 매번 마지막 몇 분을 남겨 두고 허둥지둥하는 일이 없지."

실제로 다음 날 아침 출발은 전보다 순조로웠다. 마법 정부 자동차들이 버로 앞에 미끄러지듯 도착했을 때는 모두가 짐 가방을 싸 둔 상태로 기다리고 있었다. 헤르미온느의 고양이인 크룩섕스는 안전하게 여행용 바구니에 들어가 있었고, 헤드위그와 론의 부엉이인 피그위전, 그리고 새로 산 지니의 보라색 피그미 퍼프인 아널드는 새장에 들어가 있었다.

"오 르부아(또 보자―옮긴이), 애리." 플뢰르가 쉰 목소리로 말하며 그에게 작별의 입맞춤을 했다. 론 또한 기대에 찬 표정을 지으며 얼른 앞으로 나섰지만 지니가 발을 거는 바람에 플뢰르의 발밑 흙바닥에 대자로 엎어지고 말았다. 그는 잔뜩 화가 나서 벌게진 얼굴로 흙투성이가 된 채 작별 인사도 하지 않고 황급히 자동차에 올라탔다.

킹스크로스역에서 그들을 기다리고 있는 건 유쾌한 해그리드가 아니었다. 대신 딱딱한 얼굴에 턱수염이 나고 검은색 머글 정장을 입은 오러들이 자동차가 멈춘 순간 앞으로 나와 일행 양옆에 서더니 아무 말 없이 그들을 역 안으로 데려갔다.

"서둘러라, 서둘러. 벽을 통과해야지." 위즐리 부인이 말했다. 그녀는 이런 엄격하고 사무적인 분위기에 약간 당황한 것처럼 보였다. "해리가 맨 먼저 가는 게 좋겠다. 같이 갈 사람은……."

그녀는 질문하듯 오러 중 한 사람을 바라보았다. 그가 고개를 짧게 끄덕이고 해리의 팔을 잡더니 9번과 10번 승강장 사이의 벽으로 떠밀려고 했다.

"고맙지만, 저도 걸을 줄 알거든요." 해리가 오러의 손아

귀에서 팔을 홱 빼내며 짜증스럽게 말했다. 그는 아무 대꾸도 하지 않는 오러를 무시하고 단단한 벽으로 짐수레를 밀고 들어가 순식간에 9와 4분의 3번 승강장에 섰다. 진홍색 호그와트 급행열차가 사람들 머리 위로 증기를 뿜어내고 있었다.

곧이어 헤르미온느와 위즐리 가족이 해리의 뒤에서 나타났다. 해리는 굳은 표정을 짓고 있는 오러한테는 물어보지도 않고 론과 헤르미온느에게 함께 승강장을 걸으며 빈 객실을 찾아보자고 손짓했다.

"우린 못 가, 해리." 헤르미온느가 미안하다는 듯 말했다. "론이랑 나는 일단 반장 객실에 갔다가 잠깐 동안 통로를 순찰해야 해."

"아, 맞다. 깜박했어." 해리가 말했다.

"너희 모두 곧바로 기차에 타는 게 좋겠다. 출발할 때까지 몇 분 안 남았어." 위즐리 부인이 손목시계를 보며 말했다. "그럼, 멋진 학기 보내려무나, 론……."

"위즐리 아저씨, 잠깐 얘기 좀 할 수 있을까요?" 해리는 순간 얼떨결에 마음을 먹고 말했다.

"되고말고." 위즐리 씨가 말했다. 그는 약간 놀란 표정을 지으면서도 해리를 따라 다른 사람들에게는 말소리가 들리지 않는 곳으로 갔다.

해리는 신중하게 생각한 끝에 누구에게든 말을 해야 한다면 위즐리 씨가 적임자라는 결론에 이르렀다. 먼저, 그는 정부에서 일하는 만큼 더 자세한 조사를 하기에 유리한 위치에 있었다. 또한 위즐리 씨라면 무작정 화를 낼 것 같지는 않다는 생각이 들었다.

위즐리 부인과 굳은 표정의 오러가 멀어져 가는 두 사람을 의심스러운 눈길로 지켜보았다.

"다이애건 앨리에 갔을 때요······." 해리가 입을 열자 위즐리 씨가 얼굴을 찡그리며 말을 막았다.

"프레드와 조지의 가게 안쪽에 있었어야 할 시간에 너랑 론, 헤르미온느가 어디에 갔다 왔는지 알려 주려나 보구나?"

"그걸 어떻게······?"

"해리, 알잖니. 넌 지금 프레드랑 조지를 키운 사람이랑 얘기를 하고 있는 거야."

"어······ 네, 맞아요. 저희는 가게 안쪽에 있지 않았어요."

"알겠다. 그럼, 최악의 소식을 들어 보자꾸나."

"그게, 저희는 드레이코 말포이를 따라갔었어요. 투명 망토를 쓰고요."

"그렇게 한 특별한 이유가 있었던 거니, 아니면 충동적으로 그런 거니?"

"말포이가 뭔가 꾸미고 있다고 생각했거든요." 해리는 노여움과 흥미로움이 뒤섞인 위즐리 씨의 표정을 못 본 체하고 말했다. "걔가 자기 어머니를 따돌렸길래 그 이유를 알고 싶었어요."

"당연히 그랬겠지." 위즐리 씨는 체념한 목소리로 말했다. "그래서? 이유를 알아냈니?"

"보긴 앤 버크로 가더라고요." 해리가 말했다. "그러더니 그 가게 주인인 보긴을 괴롭히기 시작했어요. 자기가 뭘 좀 고치는 것을 도와 달라고요. 또 자기 대신 다른 뭔가를 맡아 달라고도 했어요. 그것도 뭔가 고쳐야 하는 물건인 것처럼 말하더라고요. 그 두 개가 한 쌍인 것처럼요. 그리고……."

해리는 심호흡을 했다.

"또 있어요. 말킨 부인이 왼팔을 만지려고 하니까 그 녀석이 1미터는 펄쩍 뛰더라고요. 팔에 어둠의 징표를 새긴 게 아닌가 싶어요. 자기 아버지를 뒤이어 죽음을 먹는 자가 된 거죠."

위즐리 씨가 깜짝 놀란 표정을 지었다. 잠시 후 그가 말했다. "해리, '그 사람'이 열여섯 살짜리에게 그런 일을 허락할 것 같진 않……."

"'그 사람'이 뭘 할 것 같고 뭘 할 것 같지 않은지 정말 아
는 사람이 있긴 한가요?" 해리가 화를 내며 물었다. "위즐
리 아저씨, 죄송하지만 한번 조사해 볼 만한 가치는 있지
않나요? 만약에 말포이가 뭔가를 고치려 하고 그 때문에
보긴을 협박하고 있다면 그 물건은 아마 어둠의 물건이거
나 뭔가 위험한 거겠죠?"

"솔직히 말하면 그렇진 않을 거다, 해리." 위즐리 씨가
천천히 말했다. "그게, 루시우스 말포이가 체포됐을 때 우
리가 그자의 집을 불시에 압수 수색 했거든. 위험할 만한
물건은 우리가 전부 가져왔단다."

"전 아저씨가 뭔가 놓치셨을 거라고 생각해요." 해리가
고집스럽게 말했다.

"글쎄, 그럴지도 모르지." 위즐리 씨가 수긍했다. 하지만
해리는 그가 자기를 어르는 중이라는 것을 알 수 있었다.

뒤쪽에서 출발을 알리는 경적 소리가 들렸다. 거의 모든
승객이 열차에 올라타 문이 닫히고 있었다.

"서둘러야겠구나." 위즐리 씨가 말했다. 위즐리 부인이
"해리, 빨리!" 하고 소리쳤다.

그는 다급히 달려갔고 위즐리 부부는 그를 도와 짐 가방

을 기차에 실어 주었다.

"자, 애야, 크리스마스 즈음에는 우리 집에 와 있을 거야. 덤블도어 교수님과도 이야기됐다. 그러니까 곧 만나게 될 거란다." 해리가 올라타서 문을 탁 닫자 열차가 움직이기 시작했다. 위즐리 부인이 창문 너머로 말했다. "반드시 몸조심하고, 그리고……."

기차가 속도를 냈다.

"말썽 부리지 말고……."

그녀는 이제 열차를 따라 가볍게 달리고 있었다.

"……위험한 짓 하지 마라!"

해리는 열차가 모퉁이를 돌아 위즐리 부부가 시야에서 사라질 때까지 손을 흔들었다. 그런 다음 친구들이 어디로 갔는지 보려고 돌아섰다. 론과 헤르미온느는 반장 칸에 붙들려 있는 것 같았고 지니는 조금 떨어진 통로에서 친구 몇 명과 수다를 떨고 있었다. 그는 짐 가방을 끌고 그녀에게로 갔다.

해리가 다가가자 아이들은 뻔뻔스럽게도 그를 빤히 바라보았다. 심지어 객실 창문에 얼굴을 바짝 대고 그를 쳐다보기까지 했다.《예언자일보》에 '선택받은 자'에 관한 온갖 소문이 실렸으니 이번 학기에는 입을 쩍 벌리고 얼빠진

듯 그를 빤히 쳐다보는 아이들이 확실히 늘어날 거라고 예
상은 했지만, 과도한 주목을 한 몸에 받으며 서 있는 기분
이 그다지 즐겁지는 않았다. 그는 지니의 어깨를 살짝 두
드렸다.

"객실 찾아볼래?"

"난 못 가, 해리. 딘이랑 만나기로 했어." 지니가 밝은 목
소리로 말했다. "나중에 보자."

"그래." 해리가 말했다. 그녀가 긴 빨간 머리를 찰랑거리
며 멀어지자 그는 짜증이 솟구치는 동시에 이상하게 가슴
이 찌르르하는 것을 느꼈다. 여름 내내 지니와 함께 지내
는 데 너무 익숙해진 나머지 학교에서는 그녀가 그나 론,
헤르미온느와 어울리지 않는다는 사실을 거의 잊고 있었
다. 그는 눈을 깜빡이고 주위를 둘러보았다. 그는 어느새
넋을 놓고 그를 쳐다보는 여학생들에게 둘러싸여 있었다.

"안녕, 해리!" 등 뒤에서 익숙한 목소리가 들렸다.

"네빌!" 해리가 안도하며 말했다. 돌아보니 동그란 얼굴
의 소년이 낑낑거리며 다가오고 있었다.

"안녕, 해리." 네빌 바로 뒤에서 긴 머리카락에 큼직하고
촉촉한 눈을 가진 소녀가 말했다.

"안녕, 루나. 잘 지냈어?"

"아주 잘 지냈어. 고마워." 루나가 말했다. 그녀는 잡지 한 권을 가슴에 꺼안고 있었다. 표지에 커다란 글자로 책 안에 공짜 심령 안경이 들어 있다고 써 있었다.

"《이러쿵저러쿵》은 계속 잘 팔리고 있어?" 해리가 물었다. 그는 지난번 자신의 독점 인터뷰를 실었던 그 잡지에 조금씩 호감을 느끼고 있었다.

"응. 판매 부수가 많이 늘었어." 루나가 기쁜 듯 말했다.

"자리 좀 찾아보자." 해리가 말했다. 세 사람은 조용히 지켜보는 아이들 사이로 통로를 걸어갔다. 마침내 빈 객실 을 찾은 해리는 안도하며 서둘러 안으로 들어갔다.

"우리까지 쳐다보네." 네빌이 자신과 루나를 가리키며 말했다. "너랑 같이 있다고!"

"너희도 마법 정부에 같이 있었기 때문에 쳐다보는 거 야." 해리가 짐 가방을 들어 선반에 얹으며 말했다. "우리 의 작은 모험이 《예언자일보》를 온통 도배했잖아. 너도 봤 을 거 아냐."

네빌이 말했다. "응, 할머니가 그것 때문에 화를 내실 줄 알았는데 무척 기뻐하셨어. 이제야 아빠의 아들답게 살기 시작했다면서. 새 마법 지팡이도 사 주셨어. 봐!"

그는 마법 지팡이를 꺼내 해리에게 보여 주었다.

"체리나무에 유니콘 털이야." 그가 자랑스럽게 말했다. "내 생각엔 올리밴더 씨가 판 마지막 지팡이인 것 같아. 그 다음 날 올리밴더 씨가 사라졌거든. 야, 돌아와, 트레버!"

자기 두꺼비가 평소처럼 또다시 자유의 탈출을 시도하자 네빌은 좌석 밑으로 몸을 날려 녀석을 붙잡았다.

"올해에도 D.A. 모임 하는 거야, 해리?" 루나가 물었다. 그녀는 《이러쿵저러쿵》에서 환각을 일으킬 것 같은 안경을 떼어 내고 있었다.

"이제 엄브리지를 몰아냈으니까 그럴 필요 없겠지?" 해리가 자리에 앉으며 말했다. 네빌은 좌석 아래서 기어 나오다가 머리를 부딪쳤다. 몹시 실망한 표정이었다.

"나는 D.A. 좋았는데! 너한테서 엄청 많은 것들을 배웠단 말이야!"

"나도 그 모임 즐거웠어." 루나가 평온하게 말했다. "친구가 생긴 것 같았거든."

루나는 가끔 이렇게 해리의 마음속에서 동정심과 당혹감이 뒤섞여 꿈틀거리게 만드는 불편한 말을 하곤 했다. 하지만 해리가 대꾸할 겨를도 없이 객실 바깥에서 소란스러운 소리가 들려왔다. 4학년 여학생 한 무리가 유리창 반대편에서 수군대면서 키득거리고 있었다.

"네가 물어봐!"

"싫어, 네가 해!"

"내가 할게!"

크고 검은 눈에 턱선이 뚜렷하고, 긴 검은색 머리카락을 가진 대담해 보이는 한 소녀가 문을 열고 들어왔다.

"안녕, 해리. 나는 로밀다야. 로밀다 베인." 그녀가 자신감 넘치는 큰 소리로 말했다. "우리 객실로 가서 같이 앉지 않을래? *쟤네*들하고 같이 앉을 필요 없잖아." 그녀가 트레버를 찾아 바닥을 더듬느라 다시 좌석 아래 몸을 집어넣고 엉덩이를 쭉 뺀 네빌과 공짜 심령 안경을 쓰고 있어서 정신 나간 알록달록한 부엉이처럼 보이는 루나를 가리키며 들으라는 듯 소리를 높였다.

"애들은 내 친구들이야." 해리가 싸늘하게 대꾸했다.

"아." 소녀가 꽤 놀란 표정으로 말했다. "그래, 알았어."

그녀는 객실을 나가며 문을 닫았다.

"사람들은 네가 우리보다 멋진 친구들을 사귀고 있을 거라고 생각하나 봐." 루나가 솔직한 말로 또 한 번 사람을 당황시키는 재주를 선보였다.

"너도 멋져." 해리가 딱 잘라 말했다. "저 애들 중에서 마법 정부에 간 사람은 아무도 없잖아. 나랑 같이 싸운 사람도 없고."

"그렇게 말해 주니 고맙구나." 루나가 활짝 웃었다. 그리고 심령 안경을 코 위로 더 밀어 올리더니 자리를 잡고 앉아 《이러쿵저러쿵》을 읽기 시작했다.

"그래도 우린 그자를 상대하진 않았잖아."

머리카락이 잔뜩 헝클어지고 먼지가 달라붙은 네빌이 체념한 것처럼 보이는 트레버를 손에 쥐고 좌석 밑에서 나왔다. "네가 했지. 우리 할머니가 네 얘기 하시는 걸 너도 들었어야 하는데. '그 해리 포터라는 아이는 마법 정부 전체를 합친 것보다 더 용감해!' 할머니는 너를 손자로 삼으실 수만 있다면 뭐든 하실걸."

해리는 어색하게 웃다가 화제를 되도록 빨리 O.W.L. 성적으로 돌렸다. 네빌은 자기 성적을 읊어 대더니 '그럭저럭 괜찮음' 성적만으로도 변환 마법 N.E.W.T. 수업을 들을 수 있을지 소리 내어 걱정했다. 해리는 그 이야기에 귀 기울이지 않고 넌지시 그를 바라보았다.

네빌도 볼드모트 때문에 해리 못지않게 불행한 어린 시절을 보냈다. 하지만 그는 자신의 운명이 해리의 운명과 얼마나 아슬아슬하게 바뀌었는지 전혀 알지 못했다. 예언에 해당되는 사람은 둘 중 누구라도 될 수 있었지만 볼드모트는 나름의 알 수 없는 이유로 예언이 의미하는 사람이 해리라고 믿기로 했다.

볼드모트가 네빌을 선택했다면, 번개 모양 흉터와 예언의 무게를 지고 맞은편에 앉아 있는 사람은 바로 네빌이었을 것이다. ……아니, 정말 그럴까? 네빌의 어머니도 릴리가 해리를 살리기 위해 그랬던 것처럼 아들을 구하기 위해 목숨을 내던졌을까? 당연히 그랬을 것이다. 하지만 그녀가 아들과 볼드모트 사이를 막아설 수 없는 상황이었다면? 그랬다면 '선택받은 자'는 아예 존재하지 않았을까? 지금 네빌이 앉아 있는 자리는 비어 있고, 흉터가 없는 해리는 론의 어머니가 아닌 자기 어머니에게 작별의 입맞춤을 받았을까?

"괜찮아, 해리? 표정이 이상한데." 네빌이 말했다.

해리는 깜짝 놀랐다.

"미안……. 난……."

"랙스퍼트한테 당한 거야?" 루나가 알록달록한 안경 너머로 해리를 바라보며 안쓰럽다는 듯 물었다.

"난…… 뭐라고?"

"랙스퍼트 말이야. 둥둥 떠다니다가 귓속으로 들어가서 머리를 흐려지게 만드는 보이지 않는 생명체." 그녀가 말했다. "이 근처에서 한 마리 날아다니는 게 느껴졌던 것 같은데."

그녀는 눈에 보이지 않는 거대한 나방을 쫓는 것처럼 두 손을 허공에 대고 휘저었다. 해리와 네빌은 서로를 마주 보다가 얼른 퀴디치 이야기를 시작했다.

기차 창밖으로 보이는 날씨는 여름 내내 그랬듯 오락가락했다. 기차는 서늘한 안개를 뚫고 약하지만 맑은 햇빛 속으로 나왔다. 론과 헤르미온느가 마침내 객실로 들어온 건 그렇게 해가 바로 머리 위에서 밝게 내리쬐고 있을 때였다.

"간식 수레가 빨리 왔으면 좋겠다. 배고파 죽겠어." 론이 해리 옆자리에 주저앉아 배를 문지르며 간절하게 말했다. "안녕, 네빌. 안녕, 루나. 그거 알아?" 그가 해리를 돌아보며 덧붙였다. "말포이가 반장 일을 하지 않고 있어. 다른 슬리데린 애들하고 그냥 객실에 앉아 있더라고. 헤르미온느랑 같이 오다가 봤어."

해리는 흥미를 느끼며 몸을 똑바로 일으키고 앉았다. 반장의 힘을 과시할 기회를 놓치다니 말포이답지 않았다. 지난 학년 얼마나 심하게 유세를 떨었던가.

"말포이가 널 보곤 어떻게 나왔어?"

"평소처럼 이렇게 하던데." 론이 저속한 손동작을 해 보이며 심드렁하게 말했다. "근데 걔답지는 않더라. 뭐 이건……." 그는 다시 그 손동작을 해 보였다. "그렇다 치고, 왜 객실 밖에서 1학년들을 못살게 굴지 않는 걸까?"

"모르지." 해리는 그렇게 말했지만 머릿속은 마구 돌아가고 있었다. 말포이가 어린 학생들을 못살게 구는 것보다 더 중요한 일들을 생각하고 있는 건 아닐까?

"어쩌면 장학관 직속 선도부가 더 좋았는지도 몰라." 헤르미온느가 말했다. "그걸 해 보고 나니까 반장 일은 약간 시시해진 거지."

"그런 것 같진 않은데." 해리가 말했다. "내 생각에 걔는……."

하지만 해리가 자신의 생각을 제대로 설명하기도 전에 객실 문이 다시 스르르 열리더니 3학년 여학생이 가쁜 숨을 몰아쉬며 들어왔다.

"이걸 네빌 롱보텀이랑 해리 포, 포터한테 전해 주라고 해서." 그녀는 해리와 눈이 마주치자 얼굴을 붉히면서 말을 더듬었다. 그러더니 보라색 리본으로 묶인 양피지 두루마리 두 개를 내밀었다. 해리와 네빌은 어리둥절한 채 각자의 이름이 적힌 두루마리를 받아 들었다. 여학생은 휘청

거리며 객실을 나갔다.

"그게 뭐야?" 해리가 양피지를 펼치자 론이 물었다.

"초대장." 해리가 말했다.

해리.

나와 C호 객실에서 점심을 함께했으면 좋겠구나.

H. E. F. 슬러그혼 교수

"슬러그혼 교수가 누구야?" 네빌이 황당한 표정으로 자기 초대장을 보며 물었다.

"새로 온 교수님이야." 해리가 말했다. "어쨌든 가야 하지 않을까?"

"하지만 나는 왜 보자고 하시는 거지?" 네빌이 방과 후 징계라도 받을 줄 알고 초조하게 물었다.

"나도 몰라." 해리는 그렇게 말했지만 완전한 사실은 아니었다. 자신의 짐작이 맞다는 증거는 아직 없었지만. "있잖아." 갑자기 머릿속에 좋은 생각이 떠올라 그가 말했다. "투명 망토를 쓰고 가자. 그러면 가는 길에 말포이를 자세히 볼 수 있을지도 몰라. 그 녀석이 뭘 꾸미고 있는지 보는 거야."

하지만 이 생각은 실현되지 못했다. 간식 수레를 기다리는 학생들로 통로가 가득 차서 투명 망토를 입고 헤쳐 가기가 불가능했던 것이다. 아쉬웠지만 해리는 망토를 다시 가방에 집어넣었다. 조금 전 기차 안을 가로질러 갔을 때보다 더 집요해진 모두의 시선을 피하기 위해서라도 투명 망토를 입고 싶은 마음이 간절했다. 이따금씩 그를 더 잘 보려고 객실에서 뛰쳐나오는 학생들도 있었다. 오직 초 챙만이 해리가 다가오는 모습을 보고 객실 안으로 뛰어들어 갔다. 해리는 객실 유리창을 지나가면서 그녀가 결심이라도 한 듯 친구 매리에타와의 대화에 열중하는 모습을 보았다. 매리에타의 얼굴에는 아직도 여드름이 이상한 형태를 그리고 있었다. 그녀는 화장을 아주 두껍게 했지만 그것을 완벽하게 가리지는 못했다. 해리는 슬며시 웃으면서 계속 앞으로 걸어갔다.

C호 객실에 다다르자마자 그들은 슬러그혼이 초대한 사람이 자기들만이 아니라는 사실을 알 수 있었다. 슬러그혼이 보여 주는 환영의 강도로 봐서는 해리를 기다리는 마음이 가장 열렬했던 것 같았지만.

"우리 해리!" 슬러그혼이 해리를 보자마자 벌떡 일어나며 말했다. 그러자 벨벳으로 가려진 그의 배가 객실의 남은 공간을 모두 채우는 듯했다. 번들거리는 대머리와 풍성한 은색 콧수염이 햇빛을 받아 그가 입은 조끼의 황금색 단추만큼이나 빛났다. "만나서 반갑구나, 반가워! 그리고 네가 롱보텀 군일 테지!"

네빌은 겁에 질린 표정으로 고개를 끄덕였다. 슬러그혼의 손짓에 그들은 문에서 가장 가까운 곳에 딱 두 개 남아 있던 자리로 가서 서로를 마주 보고 앉았다. 함께 초대받은 손님들을 힐끗 둘러본 해리는 같은 학년의 슬리데린 학생을 알아보았다. 광대뼈가 튀어나오고 눈이 옆으로 길게 찢어진 키 큰 흑인 소년이었다. 해리가 모르는 7학년 남학생도 두 명 있었고, 슬러그혼 옆 구석 자리에 자기가 어쩌다 여기 오게 됐는지 잘 모르겠다는 얼굴로 의자 깊숙이 앉아 있는 사람은 지니였다.

"다들 아는 사이니?" 슬러그혼이 해리와 네빌에게 물었다. "블레이즈 자비니는 같은 학년이니 물론 알 테고……."

자비니는 아는 체는커녕 환영의 뜻도 전혀 내비치지 않았고 해리와 네빌도 마찬가지였다. 그리핀도르와 슬리데린 학생들은 기본적으로 서로를 극도로 싫어했다.

"이쪽은 코맥 매클래건이다. 혹시 오다가다 마주친 적이…… 없나?"

덩치가 크고 철사처럼 꼿꼿한 머리카락을 가진 매클래건이 손을 들어 보이자 해리와 네빌은 그에게 고개를 끄덕했다.

"그리고 이쪽은 마커스 벨비란다. 혹시 서로……?"

깡마르고 신경질적으로 보이는 벨비가 긴장한 미소를 지어 보였다.

"그리고 여기 매력적인 어린 숙녀는 너를 안다고 하더구나!" 슬러그혼이 소개를 마쳤다.

지니가 슬러그혼의 등 뒤에서 해리와 네빌에게 얼굴을 찡그려 보였다.

"자, 이렇게 모여 줘서 정말 기쁘구나." 슬러그혼이 기분 좋은 듯 말했다. "이 자리는 너희 모두가 서로를 좀 더 잘 알 수 있는 기회야. 자, 냅킨 받으려무나. 나는 점심을 따로 싸 왔어요. 내 기억으로는 간식 수레에 감초 마법 지팡이가 잔뜩 실려 있을 텐데, 불쌍한 늙은이의 소화기관은 그런 것들을 감당할 수가 없거든. 찡고기 어떠니, 벨비?"

벨비는 깜짝 놀라더니 차가운 찡고기 반쪽처럼 보이는 것을 받아 들었다.

"여기 마커스한테, 내가 이 아이의 삼촌 대모클리스를 가르치며 흐뭇해했다는 이야기를 들려주던 참이었다." 슬러그혼이 롤빵이 담긴 바구니를 모두에게 돌리면서 해리와 네빌에게 말했다. "굉장히 뛰어난 마법사야. 뛰어나고 말고. 멀린 훈장을 받고도 남을 사람이지. 삼촌은 자주 보고 지내니, 마커스?"

안타깝게도 벨비는 꿩고기를 한입 가득 베어 문 참이었다. 그는 대답을 서두르다가 너무 급하게 고기를 삼켰고 그 바람에 얼굴이 파랗게 질려 캑캑대기 시작했다.

"아나프니오." 슬러그혼이 마법 지팡이로 벨비를 가리키며 침착하게 말했다. 벨비의 막힌 목이 곧바로 뚫리는 것 같았다.

"아뇨…… 그다지 자주 뵙지는 못하고 있어요." 벨비가 눈물을 찔끔하며 헐떡거렸다.

"뭐, 그렇겠지. 무척 바쁜 모양이구나." 슬러그혼이 캐묻듯이 벨비를 바라보며 말했다. "하긴 그런 노력을 들이지 않고는 투구꽃 마법약을 발명할 수 없었겠지!"

"제 생각에는……." 벨비가 입을 열었다. 그는 슬러그혼과의 대화가 끝났다는 확신이 들기 전에는 꿩고기를 입에 댈 엄두를 내지 못하는 것 같았다. "어…… 삼촌이랑 저희 아빠는 사이가 좋지 않으시거든요. 그래서 사실 아는 게 별로……."

슬러그혼이 싸늘한 미소를 던지고 매클래건에게 시선을 돌리자 벨비의 목소리가 움츠러들었다.

"자, 네 얘기를 좀 해 보자, 코맥." 슬러그혼이 말했다. "나는 우연히 네가 삼촌 타이베리우스와 자주 만난다는 걸 알게 됐단다. 타이베리우스가 너와 함께 녹테일 사냥을 하는 아주 멋진 사진을 가지고 있더구나. 노퍽에서였던가?"

"아, 네. 진짜 재미있었어요." 매클래건이 말했다. "버티힉스 씨랑 루퍼스 스크림저 씨도 같이 갔어요. 물론 그분이 총리가 되기 전의 일이지만요."

"아, 버티랑 루퍼스도 아는구나?" 슬러그혼이 활짝 웃으며 이번에는 파이가 담긴 작은 쟁반을 돌렸다. 어째서인지 쟁반은 벨비 앞을 그냥 지나쳤다. "어디 말해 보렴."

해리가 추측했던 그대로였다. 이 자리에 모인 이들은 유명하거나 영향력이 있는 누군가와 연줄이 있어서 초대받은 듯했다. 지니를 제외한 모두가. 매클래건 다음으로 취조를 당한 자비니는 알고 보니 어머니가 유명한 미녀 마법사였다(해리가 듣기로 그녀는 일곱 명과 연달아 결혼했고, 남편들은 모두 불가사의한 죽음을 맞으면서 그녀에게 엄청난 액수의 금화를 남겼다). 다음은 네빌 차례였다. 아주 불편한 10분이었다. 유명한 오러인 네빌의 부모님은 벨

라트릭스 레스트레인지와 죽음을 먹는 자 두엇에게 고문
당한 끝에 정신이 이상해졌던 것이다. 네빌에 대한 취조가
끝날 무렵, 해리는 슬러그혼이 네빌에 대한 판단을 미뤄
두고 있는 것 같은 느낌을 받았다. 네빌이 부모님에게 재
능을 조금이라도 물려받았는지 지켜봐야겠다고 생각하는
모양이었다.

"그럼 이제……." 슬러그혼이 쇼에서 가장 인기 있는 코
너를 소개하는 사회자라도 된 듯 앉은 자리에서 과장되게
몸을 돌리며 말했다. "해리 포터로구나! 어디서부터 시작
해야 할까? 지난번에 만났을 때는 겉핥기만 했던 것 같은
데!"

그는 해리를 유난히 큼직하고 육즙이 많은 꿩고기라도
되는 양 잠시 찬찬히 살펴보더니 말을 이었다. "이제는 다
들 너를 '선택받은 자'라고 부르더구나!"

해리는 아무 말도 하지 않았다. 벨비와 매클래건, 자비
니 모두 그를 뚫어지게 바라보았다.

"그야 그렇지." 슬러그혼이 해리를 자세히 바라보며 말
을 이었다. "오랫동안 소문이 돌았으니까……. 나는 기
억하고 있단다. 그…… 그 끔찍한 밤에 릴리와 제임스에
게 닥쳤던……. 그런데 너는 살아남았지. 그리고 네가 보

통 마법사들을 뛰어넘는 힘을 가지고 있다는 소문이 돌았고……."

자비니는 비웃고 싶은 마음을 확실히 드러내는 작은 기침 소리를 내뱉었다. 슬러그혼 뒤에서 화난 목소리가 불쑥 튀어나왔다.

"그래, 자비니. 너한테도 재주가 있지…… 있어 보이는 척하는 거라든가……."

"아, 이런!" 슬러그혼이 지니를 돌아보며 느긋하게 킬킬거렸다.

지니는 슬러그혼의 거대한 배 너머로 자비니를 노려보고 있었다. "조심해야겠다, 블레이즈! 내가 객실을 지나갈 때 보니 여기 이 어린 숙녀가 아주 놀라운 박쥐 코딱지 마법을 썼어요. 그냥 지나갈 수가 없더라니까!"

자비니는 그저 경멸스럽다는 표정만 지을 뿐이었다.

"아무튼……." 슬러그혼이 다시 해리에게 고개를 돌리며 말했다. "올여름에는 소문이 *어마어마*하더구나. 물론, 뭘 믿어야 할지는 알 수가 없지. 《예언자일보》는 정확하지 않은 내용을 싣기도 하고 실수도 많이 하는 걸로 유명하니까……. 하지만 목격자들의 수가 한두 명이 아닌 데다, 정부에서 *상당한* 소란이 있었고 네가 그 모든 일의 한복판에 있었다는 데는 의심의 여지가 없어 보이는구나!"

해리는 대놓고 거짓말을 하는 것 말고는 이 상황을 빠져나갈 방법이 전혀 떠오르지 않아 고개를 끄덕이면서도 여전히 아무 말도 하지 않았다. 슬러그혼이 그를 보며 활짝 웃었다.

"아주 겸손하다니까, 아주 겸손해. 덤블도어가 너를 그렇게 예뻐하는 것도 이상할 게 없지. 그럼 네가 거기 있긴 있었던 게로구나? 하지만 나머지 이야기들은…… 물론, 너무 충격적이라 뭘 믿어야 할지 알 수가 없지만…… 예를 들어 그 전설의 예언 같은 건……."

"예언은 못 들었어요." 네빌이 얼굴을 제라늄처럼 붉힌 채 말했다.

"맞아요." 지니가 단호하게 말했다. "네빌하고 저도 거기 있었는데, '선택받은 자'니 뭐니 하는 헛소리는 다 그저 《예언자일보》가 평소처럼 지어내는 이야기일 뿐이에요."

"너희 둘 다 거기 있었단 말이냐?" 슬러그혼이 엄청난 관심을 보이면서 지니와 네빌을 번갈아 가며 쳐다보았다. 하지만 둘은 부추기는 듯한 슬러그혼의 미소에도 조개처럼 입을 꽉 다물고 앉아 있었다. "그래…… 뭐…… 《예언자일보》가 과장된 기사를 자주 싣는 건 사실이지. 암……." 슬러그혼은 약간 실망한 목소리로 말을 이었다. "내 제자 그 웨녹이 했던 말이 떠오르는구나. 물론, 홀리헤드 하피스의 주장인 그 그웨녹 존스 말이야."

그는 두서없는 이야기를 쏟아 내며 장황한 추억 속으로 빠져들었다. 하지만 해리는 슬러그혼이 그와의 대화를 다 마친 것도 아니고 네빌과 지니의 말을 납득한 것도 아니라는 느낌을 강하게 받았다.

그날 오후는 슬러그혼이 가르쳤던 걸출한 마법사들의 일화와 함께 지나갔다. 그 제자들은 모두 슬러그혼이 호그와트의 '민달팽이 클럽'(슬러그혼의 '슬러그'를 딴 명칭으로, '슬러그'는 민달팽이라는 뜻이다―옮긴이)이라고 부르는 모임에 기꺼이 가입했다고 했다. 해리는 당장에라도 그 자리를 벗어나고 싶어 좀이 쑤셨지만 예의를 지키면서 그럴 수 있는 방법이 떠오르지 않았다. 마침내 기차가 또 한 번 길게 이어진 안개를 지나 붉은 석양 아래로 나오자 슬러그혼은 저녁 햇살에 눈을 깜빡이며 주위를 둘러보았다.

"이런, 세상에. 벌써 어두워지고 있구나! 등불이 켜진 것도 몰랐어! 모두 돌아가서 로브로 갈아입는 게 좋겠다. 매클래건, 언제 들러서 녹테일에 관한 책을 꼭 빌려 가려무나. 해리, 블레이즈, 지나가다가 언제든 들러라. 너도 마찬가지고, 아가씨." 그가 지니에게 눈을 찡긋했다. "자, 가 보려무나, 가 봐!"

자비니가 해리를 밀치고 어둑어둑한 통로로 나가면서 그에게 심술궂은 눈길을 던졌다. 해리는 이자까지 붙여서 그 시선을 돌려주었다. 그와 지니, 네빌은 자비니에 뒤이어 통로를 되짚어 걸어갔다.

"끝나서 다행이다." 네빌이 웅얼거렸다. "이상한 사람이야. 그치?"

"응, 좀 그래." 해리가 자비니에게 시선을 거두지 않은 채 말했다. "넌 어쩌다가 저기 있었던 거야, 지니?"

"내가 재커라이어스 스미스한테 공격 마법을 거는 걸 저 교수님이 봤거든." 지니가 말했다. "D.A.에 있던 그 후플푸프 얼간이 기억나? 계속 정부에서 무슨 일이 있었는지 캐묻잖아. 너무 짜증이 나서 결국에는 걔한테 공격 마법을 걸어 버렸어. 그때 슬러그혼이 들어온 거야. 방과 후 징계를 받겠구나 생각했는데, 정말 제대로 된 공격 마법을 썼다고 날 칭찬하면서 점심 식사에 초대했어! 미친 사람 아냐?"

"어머니가 유명하다고 초대받는 것보단 훨씬 그럴듯한 이유인걸." 해리가 자비니의 뒤통수를 노려보며 말했다. "아니면 삼촌이……."

하지만 그는 곧바로 입을 다물었다. 무모하지만 멋진 결과를 가져다줄 수도 있는 어떤 생각이 막 떠오른 것이다. 잠시 뒤면 자비니는 슬리데린 6학년 객실로 돌아간다. 말포이가 거기에 앉아 있을 것이다. 동료 슬리데린 학생들을 제외하면 자기 말을 듣는 사람이 아무도 없을 거라 생각하면서……. 만약 해리가 들키지 않고 그를 따라 그곳에 들어갈 수만 있다면 뭐든 듣거나 볼 수 있지 않을까? 도착하기까지 얼마 남지 않은 건 사실이었다. 창밖을 휙휙 스치고 지나가는 풍경이 황량해진 것을 보면 호그스미드역까지 30분도 채 걸리지 않을 게 틀림없었다. 하지만 아무도 해리가 품고 있는 의심을 진지하게 받아들이지 않는 이 상황에서 그 의혹들을 증명하는 일은 그의 손에 달려 있었다.

"너희 둘 이따가 보자." 해리가 숨죽여 말하고는 투명 망토를 꺼내 몸에 둘렀다.

"넌 뭘 하려고……?" 네빌이 물었다.

"이따가 봐." 해리는 그렇게 속삭이고 되도록 조용하게 자비니의 뒤를 쏜살같이 쫓아갔다. 물론 기차가 덜컹거리는 소리 때문에 그렇게까지 조심할 필요는 없었다.

이제 통로는 거의 비어 있었다. 학생들은 대부분 학교

로브로 갈아입고 소지품을 챙기러 객실로 돌아간 뒤였다. 해리는 자비니에게 몸이 닿지 않는 한에서 최대한 가까이 붙어 있었는데도 자비니가 문을 열었을 때 객실 안으로 들어갈 만큼 빠르게 움직이지 못했다. 자비니가 문을 닫으려고 하자 해리는 황급히 발을 집어넣어 문이 닫히는 것을 겨우 막았다.

"이 문이 왜 이래?" 자비니가 미닫이문으로 해리의 발을 계속 세게 찧으며 화를 냈다.

해리는 문을 잡고 힘주어 확 열었다. 여전히 손잡이를 꽉 잡고 있던 자비니는 옆에 있는 그레고리 고일의 무릎으로 넘어졌고, 해리는 그 틈을 타서 객실 안으로 빠르게 들어가 비어 있는 자비니의 자리를 밟고 짐 선반 위로 뛰어 올라갔다. 고일과 자비니가 서로에게 소리를 지르며 모두의 시선을 끌고 있어 다행이었다. 투명 망토가 펄럭이면서 발과 발목이 훤히 드러났을 것이기 때문이었다. 사실 말포이의 눈이 보이지 않는 곳으로 뛰어올라 가는 그의 운동화를 쫓는 것 같은 끔찍한 생각이 드는 순간도 있었다. 하지만 그때 고일이 문을 쾅 닫으며 자비니를 떨쳐 냈고 자비니는 잔뜩 헝클어진 채 자기 자리에 털썩 주저앉았다. 빈센트 크래브가 다시 만화책으로 시선을 돌렸고 말포이는

낄낄 웃으며 팬지 파킨슨의 무릎에 머리를 올려놓은 채 두 자리를 차지하고 드러누웠다. 해리는 어느 곳 하나 가려지지 않는 부분이 없도록 투명 망토 아래에서 불편하게 몸을 웅크리고, 팬지가 말포이의 이마 위로 흘러내린 매끈한 금발을 만지작거리는 모습을 지켜보았다. 그녀는 누구든 자기를 부러워할 거라는 듯 실실거렸다. 객실 천장에서 흔들리는 등불이 그 광경을 환하게 비췄다. 바로 밑에서 크래브가 읽고 있는 만화책 속 글자들을 읽을 수 있을 정도였다.

"그래서, 자비니." 말포이가 말했다. "슬러그혼이 왜 부른 거야?"

"그냥 연줄 좋은 사람들한테 알랑거리려는 거지." 여전히 고일을 노려보고 있던 자비니가 말했다. "그렇다고 그런 사람들을 많이 찾아내진 못했지만."

말포이는 이 이야기에 별로 기뻐하는 것 같지 않았다.

"너 말고 또 누굴 초대했는데?" 그가 물었다.

"그리핀도르의 매클래건." 자비니가 말했다.

"아, 그래. 걔네 삼촌이 정부 거물급 인사지." 말포이가 말했다.

"래번클로에서 온 벨비라는 녀석도 있었고……."

"걘 아니야. 얼마나 멍청한데!" 팬지가 말했다.

"롱보텀이랑 포터, 그 위즐리 여자애도." 자비니가 말을 마쳤다.

말포이는 갑자기 팬지의 손을 옆으로 밀쳐 내며 몸을 일으켰다.

"롱보텀을 불렀다고?"

"응, 그런 것 같던데. 롱보텀도 거기 있었으니까." 자비니가 심드렁하게 말했다.

"롱보텀이 뭐길래 슬러그혼이 관심을 갖는 거지?"

자비니가 어깨를 으쓱했다.

"포터, 소중한 포터. 틀림없이 '선택받은 자'를 한번 보고 싶었던 거겠지." 말포이가 이죽거렸다. "하지만 그 위즐리 계집애라니! 걔는 뭐 그렇게 특별하다는 거야?"

"남자애들한테 인기가 엄청 많아." 팬지는 곁눈질로 말포이의 반응을 살피며 말했다. "블레이즈 너도 걔가 예쁘다고 생각하잖아. 안 그래? 네 눈이 얼마나 높은지 우리 모두 아는데!"

"아무리 예뻐도 난 그런 더러운 혈통 배신자한테는 손끝하나 안 댈 거야." 자비니가 차갑게 말했다. 팬지는 만족스러운 표정을 지었다. 말포이는 다시 팬지의 무릎을 베고 드러누워 그녀가 머리카락을 쓰다듬도록 내버려 두었다.

"슬러그혼의 취향이 딱하긴 하다. 어쩌면 노망이 난 건지도 몰라. 안타깝네, 우리 아버지 말씀으로는 그 작자도 전성기 때는 괜찮은 마법사였다던데. 우리 아버지는 슬러그혼이 편애하는 학생 중 한 명이었거든. 슬러그혼은 아마 내가 기차에 타고 있다는 얘기를 못 들었거나, 아니면……."

"나라면 초대장을 기대하지 않을걸." 자비니가 말했다. "내가 그 객실에 들어가자마자 슬러그혼이 노트의 아버지에 대해 물어보더라고. 둘이 예전에 친했던 것 같은데, 노트의 아버지가 마법 정부에 체포당했다는 얘기를 듣더니 별로 좋아하는 눈치가 아니었어. 그리고 노트도 초대 못 받았잖아? 슬러그혼은 죽음을 먹는 자들한테는 관심이 없는 것 같아."

말포이는 화가 난 표정이었지만 유난히 재미있는 척하는 웃음을 억지로 내뱉었다.

"그 작자가 뭐에 관심을 갖든 누가 신경이나 쓴대? 따지고 보면 대체 그 작자가 뭔데? 고작 교수일 뿐이잖아." 말포이는 허세를 부리며 하품을 했다. "내 말은, 다음 학년이면 난 아예 호그와트에 없을지도 모른다는 거야. 한물간 뚱뚱이가 날 좋아하든 말든 무슨 상관이야?"

"그게 무슨 말이야? 다음 학년에는 호그와트에 없을지도 모른다니?" 팬지가 말포이의 머리를 쓰다듬다 말고 화가 난 듯 목소리를 높였다.

"뭐, 누가 알겠어?" 말포이가 은근하게 히죽거리며 말했다. "내가 어쩌면…… 더 넓고 좋은 세계로 나아갈지."

투명 망토를 뒤집어쓴 채 선반에 웅크리고 있던 해리의 심장이 쿵쾅거리기 시작했다. 론과 헤르미온느가 이 이야기를 들으면 뭐라고 할까? 크래브와 고일은 얼빠진 얼굴로 말포이를 바라보고 있었다. 더 넓고 좋은 세계로 나아갈 그 어떤 계획도 모르고 있는 게 틀림없었다. 자비니조차 거만한 표정에 호기심을 내비쳤다. 팬지는 말포이의 머리카락을 다시 천천히 쓰다듬기 시작했지만, 어안이 벙벙한 얼굴이었다.

"그 말은…… 그분을 위해?"

말포이는 어깨를 으쓱했다.

"어머니는 내가 학업을 끝마치기를 바라시지만 개인적으로 요즘엔 그게 별로 중요해 보이지 않아. 내 말은, 생각을 해 봐……. 어둠의 왕께서 세상을 차지하시면 O.W.L.이나 N.E.W.T. 몇 개를 받았는지 신경 쓰실까? 당연히 아니지……. 그분을 어떻게 도와드렸는지, 그분께 얼마나 큰 헌신을 보여 드렸는지 그것만이 중요할 거야."

"그리고 *네*가 그분을 위해 뭔가를 할 수 있을 거라고?" 자비니가 가차 없이 물었다. "아직 완전한 자격도 갖추지 못한 열여섯 살짜리가?"

"방금 내가 한 말 못 들었어? 그분께서는 나한테 자격이 있는지 없는지 신경 쓰지 않으실 거야. 그분께서 내게 바라시는 일은 자격이 있어야만 할 수 있는 일이 아닐지도 몰라." 말포이가 조용히 말했다.

크래브와 고일은 둘 다 가고일처럼 입을 쩍 벌린 채 앉아 있었다. 팬지는 이렇게까지 멋진 사람은 처음 본다는 듯 말포이를 내려다보았다.

"호그와트가 보인다." 말포이는 자기 말이 만들어 낸 효과를 확실히 즐기며 어두워진 창밖을 가리켰다. "로브를 입는 게 좋겠어."

해리는 말포이를 보느라 너무 정신이 팔려서 고일이 짐 가방으로 손을 뻗는 것을 보지 못했다. 고일이 짐 가방을 홱 끌어 내리면서 해리의 옆머리를 세게 쳤다. 해리는 너무 아파서 자기도 모르게 헉 소리를 냈다. 말포이가 얼굴을 찡그리며 선반을 올려다보았다.

해리는 말포이가 두렵진 않았지만, 그래도 투명 망토 아래 숨어 있다가 적대적인 관계에 있는 슬리데린 무리에게 발각되는 것은 썩 마음에 드는 상황이 아니었다. 눈에는 여전히 눈물이 고여 있고 머리는 여전히 욱신거리는 와중에도 투명 망토가 들춰지지 않도록 조심하면서 그는 마법 지팡이를 꺼내 들고 숨을 참으며 기다렸다. 다행히 말포이는 소리를 잘못 들었다고 생각한 것 같았다. 그는 다른 학생들과 마찬가지로 로브를 걸치고 짐 가방을 잠그더니, 기차가 덜컹거리며 기어가듯 속도를 늦추자 두꺼운 새 여행용 망토 깃을 여몄다.

해리는 통로가 다시 붐비는 모습을 보면서, 헤르미온느와 론이 그의 짐을 승강장으로 내려 주었으면 좋겠다고 생각했다. 객실이 빌 때까지는 지금 이곳에서 꼼짝도 할 수 없었다. 마침내 기차가 마지막으로 한 번 덜컹하더니 완전히 멈춰 섰다. 고일이 문을 벌컥 열더니 힘으로 2학년 학생 무리를 밀치고, 비켜선 그들에게 주먹을 휘두르며 앞으로 나아갔다. 크래브와 자비니가 그 뒤를 따랐다.

"먼저 가." 말포이가 잡아 달라는 듯 손을 내민 채 그를 기다리고 있던 팬지에게 말했다. "뭐 좀 확인할 게 있어서."

팬지가 객실을 나갔다. 이제는 해리와 말포이, 둘만이 객실에 남아 있었다. 학생들은 줄지어 통로를 지나 어두운 승강장에 내려섰다. 말포이가 객실 문으로 다가가더니, 통로에 있는 사람들이 안을 들여다보지 못하도록 블라인드를 내렸다. 그러고는 허리를 구부려 짐 가방을 다시 열었다.

해리는 선반 가장자리 너머로 내려다보았다. 심장이 조금 전보다 더 빠르게 두근거렸다. 말포이가 팬지에게 보여 주지 않으려고 한 게 뭘까? 그가 꼭 고치고자 했던, 그 정체 모를 고장 난 물건을 이제 보게 되는 걸까?

"페트리피쿠스 토탈루스!"

돌연 말포이가 해리에게 마법 지팡이를 겨눴다. 해리는 단번에 온몸이 마비되었다. 화면을 느리게 돌리듯 그가 선반 위에서 천천히 미끄러지더니, 바닥을 뒤흔드는 고통스러운 충격과 함께 말포이의 발 앞에 쿵 떨어졌다. 투명 망토가 몸 아래 깔리면서, 쥐가 나 무릎 꿇은 자세로 웅크린 그의 전신이 드러났다. 해리는 근육 하나 움직일 수 없었다. 그저 씩 웃음 짓는 말포이를 올려다볼 뿐이었다.

"그럴 줄 알았지." 말포이가 의기양양하게 말했다. "네가 고일의 짐 가방에 부딪히는 소리를 들었어. 자비니가 돌아왔을 때 공중에서 뭔가 하얀 게 휙 지나가는 것 같기도 했고……." 그의 눈이 순간적으로 해리의 운동화에 머물렀다. "자비니가 돌아왔을 때 문을 막은 게 너였지?"

그는 해리를 잠시 살펴보았다.

"넌 중요한 얘기는 아무것도 듣지 못했어, 포터. 하지만 이왕 널 잡았으니……."

그가 해리의 얼굴을 세차게 짓밟았다. 해리는 코가 부러지는 것을 느꼈다. 사방으로 피가 튀었다.

"이건 우리 아버지에 대한 복수다. 자, 어디 볼까……."

말포이는 움직이지 못하는 해리의 몸 밑에서 투명 망토를 끌어내 그에게 덮어씌웠다.

"기차가 런던으로 돌아갈 때까지 아무도 널 찾지 못할 거야." 그가 조용히 말했다. "나중에 보자, 포터. ……아니, 이제 못 보려나."

말포이는 해리의 손가락을 일부러 짓밟으면서 객실을 나갔다.

8장
승리를 거둔 스네이프

해리는 손가락 하나 까딱할 수 없었다. 그는 코에서 흘러나온 따뜻하고 축축한 피가 얼굴 위로 흐르는 것을 느끼며 투명 망토 아래 누워 있었다. 복도 저 너머에서 목소리와 발소리 들이 들렸다. 당장 떠오른 생각은 열차가 다시 출발하기 전에 누군가가 틀림없이 객실을 확인하리라는 것이었다. 하지만 곧바로 누가 객실을 들여다본다 해도 해리를 보거나 그의 소리를 듣지 못할 거라는 생각에 기운이 쪽 빠졌다. 이제는 누군가가 객실에 들어왔다가 그를 밟기를 바랄 수밖에 없었다.

벌어진 입안으로 피가 흘러들어 구역질이 났다. 해리는 우스꽝스럽게 뒤집힌 거북이처럼 바닥에 누워 있는 이 순간만큼 말포이가 증오스러웠던 적이 없었다. 멍청하게 이런 상황을 자초하다니……. 이제는 드문드문 들리던 발소리도 잦아들었다. 모두가 열차 밖 어두운 승강장을 따라 터덜터덜 걸어가고 있었다. 짐 가방 끄는 소리와 시끄럽게 떠들어 대는 소리가 들려왔다.

론과 헤르미온느는 해리가 혼자 따로 열차에서 내렸을 거라고 생각할 것이다. 그들이 호그와트에 도착해서 대연회장에 자리를 잡고 그리핀도르 식탁을 몇 차례 여기저기 둘러보고 나서야 해리가 없다는 사실을 깨달을 즈음이면 그는 틀림없이 런던으로 절반쯤 돌아가 있을 터였다.

해리는 어떻게든 신음 소리라도 내 보려고 안간힘을 썼지만 아무 소용이 없었다. 그때 불현듯 덤블도어 같은 마법사들은 말을 하지 않고도 주문을 걸 수 있다는 사실이 떠올랐다. 그는 손에서 떨어진 마법 지팡이를 불러오려고 속으로 거듭 *"아씨오 마법 지팡이!"*라고 외쳤지만 아무 일도 벌어지지 않았다.

호숫가의 나무들이 부스럭거리는 소리와 멀찍이서 부엉이 우는 소리가 들려오는 한편, 수색이 벌어지는 낌새나 심지어(그는 이런 기대를 품는 스스로가 약간 경멸스러웠다) 당황한 듯 해리 포터는 어디 있냐고 묻는 소리 같은 것은 전혀 없었다. 세스트럴이 끄는 마차들이 덜컹거리며 학교로 향하는 장면이나 말포이가 타고 있을 마차에서 숨죽인 웃음소리가 터져 나올 것을 떠올리자 절망감이 온몸을 휩쓸었다. 아마 말포이는 마차 안에서 슬리데린 친구들에게 해리를 공격한 얘기를 떠벌리고 있을 것이다.

열차가 덜컹하는 바람에 해리는 옆으로 굴렀다. 이제 그는 천장 대신 좌석 아래의 먼지투성이 바닥을 마주하고 있었다. 엔진이 윙윙거리며 살아나자 바닥이 떨리기 시작했다. 호그와트 급행열차가 떠나고 있었다. 하지만 해리가 아직 그곳에 있다는 사실은 아무도 몰랐다…….

그때 투명 망토가 휙 걷히는 것이 느껴졌다. 머리 위에서 어떤 목소리가 말했다. "안녕, 해리."

붉은빛이 번뜩이더니 해리의 몸이 풀렸다. 이제 좀 더 품위를 갖춘 자세로 앉을 수 있게 된 그는 바닥을 짚고 몸을 일으킨 뒤 멍든 얼굴에 흐른 피를 손등으로 재빨리 닦아 내고 고개를 들어 통스를 바라보았다. 그녀는 방금 그에게서 벗겨 낸 투명 망토를 들고 있었다.

"빨리 내리는 게 좋겠어." 차창이 증기로 부옇게 흐려지면서 열차가 역을 빠져나가기 시작하자 그녀가 말했다. "어서, 뛰어내리자."

해리는 그녀를 따라 서둘러 통로로 나갔다. 통스는 열차 문을 열고, 열차가 가속도를 내기 시작하면서 발밑에서 휙휙 미끄러지는 것처럼 보이는 승강장으로 훌쩍 뛰어내렸다. 해리도 그녀를 뒤따라 뛰어내렸다. 내려서면서 잠시 비틀거리다가 몸을 펴자 때마침 번쩍이는 진홍색 증기기관차가 속력을 높이며 모퉁이를 돌아 사라지는 것이 보였다.

차가운 밤공기에 욱신거리는 코의 통증이 덜어지는 것 같았다. 통스가 그를 바라보고 있었다. 해리는 그토록 우스꽝스러운 꼴로 발견된 것에 화가 났고 창피하기도 했다. 그녀는 말없이 그에게 투명 망토를 돌려주었다.

"누구 짓이니?"

"드레이코 말포이요." 해리가 씁쓸하게 말했다. "고맙습니다……. 어……."

"별말씀을." 통스가 웃는 기색 하나 없이 말했다. 주위가 캄캄했지만 해리는 그녀가 버로에서 봤을 때처럼 칙칙한 머리카락에 비참한 표정을 짓고 있는 것을 알 수 있었다. "가만히 서 있어 봐. 코는 내가 고쳐 줄 수 있어."

해리는 그 제안이 별로 내키지 않았다. 그는 양호교사인 폼프리 선생을 찾아갈 생각이었다. 치유 주문에 관해서라면 폼프리 선생이 좀 더 믿음직스러웠다. 하지만 그렇게 말하는 건 무례한 행동 같았기에 그는 꼼짝 않고 서서 눈을 감았다.

"에피스키." 통스가 말했다.

해리는 코가 매우 뜨거워졌다가 그다음엔 매우 차가워지는 것을 느꼈다. 그는 손을 들어 조심스럽게 코를 만져보았다. 멀쩡해진 것 같았다.

"정말 고맙습니다!"

"그 투명 망토를 다시 쓰는 게 좋을 거야. 그러면 학교까지 걸어갈 수 있을 테니까." 통스가 여전히 미소도 짓지 않고 말했다. 해리가 다시 투명 망토를 걸치자 그녀가 마법 지팡이를 휘둘렀다. 지팡이 끝에서 네발 달린 거대한 은빛 생명체가 뛰쳐나오더니 어둠 속으로 쏜살같이 달려갔다.

"저거 패트로누스예요?" 덤블도어가 이런 식으로 메시지를 보내는 것을 봤던 해리가 물었다.

"그래, 내가 너를 데리고 간다는 소식을 성에 보내는 거야. 안 그러면 걱정할 테니까. 가자, 꾸물거리지 않는 게 좋겠어."

그들은 학교로 이어지는 길을 걷기 시작했다.

"어떻게 절 찾으셨어요?"

"네가 열차에서 내리지 않았다는 걸 알아차렸으니까. 그리고 너한테 투명 망토가 있다는 것도 알고. 네가 무슨 이유로든 숨어 있을지도 모른다고 생각했어. 블라인드가 쳐 있는 객실을 보고 거길 확인해 봐야겠다고 생각했지."

"그건 그렇고 여기서 뭘 하시는 거예요?" 해리가 물었다.

"나는 지금 호그스미드에 배치돼 있어. 학교에 내려진 추가 보안 조치로." 통스가 말했다.

"혼자 여기 배치된 거예요? 아니면……."

"아냐, 프라우드풋이랑 새비지, 돌리시도 여기 있어."

"돌리시라면, 지난번에 덤블도어 교수님이 공격했던 그 오러 아니에요?"

"맞아."

그들은 방금 지나간 마차 바퀴 자국을 따라 깜깜하고 인적 없는 길을 터덜터덜 걸어갔다. 해리는 투명 망토 아래에서 통스를 곁눈질했다. 작년에 그녀는 해리에게 이것저것 캐묻고(가끔씩은 약간 짜증이 날 정도였다), 잘 웃고, 농담도 잘했다. 그런데 지금 그녀는 더 나이 들어 보이고, 훨씬 진지하고, 결의에 찬 모습이었다. 이 모든 게 마법 정부에서 벌어진 일 때문일까? 해리는 불편한 마음으로 시리우스와 관련해서 통스에게 뭔가 위로의 말을 하라던, 시리우스가 죽은 건 전혀 그녀의 잘못이 아니라고 얘기하라던 헤르미온느의 권유를 떠올렸지만 차마 입이 떨어지지 않았다. 시리우스의 죽음이 통스 탓이라고 생각했기 때문은 아니었다. 통스의 잘못이 다른 사람의 잘못보다 크다고 할 수도 없었다(해리의 잘못에는 비할 바도 못 됐다). 다만 웬만하면 시리우스 얘기를 하고 싶지 않을 뿐이었다. 그래서 그들은 차가운 어둠 속을 말없이 터벅터벅 걷기만 했다. 통스의 긴 망토가 뒤에 끌리며 바스락거리는 소리를 냈다.

해리는 늘 마차를 타고 이 길을 이동했기 때문에 호그와트가 호그스미드역에서 얼마나 먼지 제대로 느껴 본 적이 없었다. 마침내 교문 양옆에 우뚝 서 있는, 날개 달린 멧돼지가 얹힌 기둥이 보이자 무척 마음이 놓였다. 해리는 춥고 배고팠으며, 새로운 모습의 우울한 통스 곁을 빨리 떠나고 싶었다. 하지만 교문을 열려고 손을 뻗었을 때 보니 문은 닫힌 채 쇠사슬로 단단히 감겨 있었다.

"알로호모라!" 해리가 자물쇠에 마법 지팡이를 겨누고 자신만만하게 외쳤지만 아무 일도 일어나지 않았다.

"여기서는 안 통할걸." 통스가 말했다. "덤블도어 교수님이 직접 마법을 걸어 놨으니까."

해리는 주위를 둘러보았다.

"벽을 타고 넘어갈 수 있어요." 그가 제안했다.

"아니, 안 돼." 통스가 딱 잘라 말했다. "벽에는 온통 침입자 방지 마법이 걸려 있어. 올여름에 보안 조치가 백배는 더 강화됐거든."

"뭐 그럼……." 해리는 도와줄 마음이 없어 보이는 그녀에게 슬슬 짜증이 치밀었다. "그냥 아침이 될 때까지 여기서 자면서 기다리면 되겠네요."

"누가 데리러 오고 있어." 통스가 말했다. "봐 봐."

저 멀리 성 아래쪽에서 등불이 깜빡깜빡 움직였다. 그걸 보고 얼마나 기뻤는지 해리는 필치가 쌕쌕거리며 그가 지각한 것을 비난하면서 엄지손가락을 죄는 고문 기구를 정기적으로 활용하면 시간을 엄수하는 습관이 길러질 거라고 떠들어도 견딜 수 있을 것 같았다. 반짝이는 노란 불빛이 3미터 앞까지 다가오자 해리는 투명 망토를 벗고 자기 모습을 보였다. 그제야 그는 누가 다가오는지 알아보고 순수한 증오가 솟구치는 것을 느꼈다. 턱밑에서부터 올라온 빛이 구부러진 코와 길고 검은 기름진 머리카락을 비췄다. 세베루스 스네이프였다.

"이런, 이런, 이런." 스네이프가 마법 지팡이를 꺼내 자물쇠를 한 차례 가볍게 두드리며 비웃었다. 쇠사슬들이 뱀처럼 꿈틀꿈틀 물러나더니 삐걱 소리를 내며 교문이 열렸다. "모습을 드러내서 다행이군, 포터. 한데, 학교 로브를 입으면 사람들이 네 등장에 별 관심을 안 가질까 봐 걱정했나 보지?"

"갈아입을 시간이⋯⋯." 해리는 설명하려 했지만 스네이프가 그의 말을 잘랐다.

"기다릴 필요 없소, 님파도라. 내 옆에 있으면 포터는 아주⋯⋯ 흠, 안전할 테니까."

"나는 해그리드한테 메시지를 보냈는데요." 통스가 이마를 찌푸리며 말했다.

"해그리드는 개강 연회에 늦게 왔소. 여기 포터와 마찬가지로. 그래서 내가 대신 메시지를 받았지. 게다가⋯⋯." 스네이프는 해리가 지나갈 수 있도록 뒤로 물러서며 말했다. "당신의 새로운 패트로누스를 보자 관심이 생기기도 했고."

그는 통스의 눈앞에서 문을 쾅 닫더니 지팡이로 쇠사슬을 가볍게 두드렸다. 쇠사슬이 철컹거리며 스르르 좀 전의 상태로 돌아갔다.

"지난번 패트로누스가 더 나은 것 같은데." 그렇게 말하는 스네이프의 목소리에는 악의가 담겨 있었다. "새것은 약해 보이더군."

스네이프가 등불을 홱 돌리는 순간 해리는 통스의 얼굴에 충격과 분노가 떠오른 것을 보았다. 잠시 후 그녀는 어둠 속으로 다시 사라졌다.

"안녕히 가세요." 해리는 스네이프와 함께 학교를 향해 출발하면서 어깨 너머로 돌아보며 그녀에게 소리쳤다. "고마워요. 전부 다요."

"나중에 보자, 해리."

스네이프는 잠깐 동안 아무 말도 하지 않았다. 해리는 몸속에서 강렬한 증오가 물결치는 것을 느꼈다. 그의 안에서 타오르는 이런 증오심을 스네이프가 느끼지 못하는 게 놀라울 정도였다. 물론 그는 처음 만난 순간부터 스네이프를 싫어했지만, 시리우스를 대하는 스네이프의 태도는 해리가 용서할 수 있는 한계를 영원히, 돌이킬 수 없을 만큼 뛰어넘어 버렸다. 덤블도어야 뭐라고 하든 해리는 여름 내내 나름대로 곰곰이 생각해 보았다. 스네이프가 시리우스에게 불사조 기사단 단원들이 볼드모트와 싸우는 동안 안전한 곳에 숨어 있었다며 신랄하게 비난을 퍼부었던 것이 그날 밤 시리우스가 마법 정부로 달려가 죽게 만든 가장 큰 원인이 되었다고 해리는 결론 내렸다. 그는 그 생각을 도저히 떨쳐 버릴 수 없었다. 그래야 스네이프를 탓할 수

있고, 그래야 마음이 조금 풀렸기 때문이다. 시리우스가
죽었다는 사실을 안타깝게 여기지 않는 사람이 있다면 그
는 바로 지금 해리의 옆에서 어둠 속을 성큼성큼 걷고 있
는 이 남자일 게 확실했다.

"지각을 했으니 그리핀도르에 50점 감점하겠다." 스네이
프가 말했다. "그리고, 어디 보자. 머글 옷을 입고 왔으니
20점 더 감점. 글쎄, 지금처럼 학기가 막 시작되자마자 점
수가 깎인 기숙사가 있었는지 모르겠군. 아직 디저트도 나
오지 않았는데 말이야. 그렇다면 네가 신기록을 세운 건지
도 모른다, 포터."

해리는 속에서 끓어오르는 분노와 증오심이 극에 달하
는 것을 느꼈지만 스네이프에게 늦은 이유를 말하느니 온
몸이 마비된 채 런던으로 돌아가는 편이 나을 것 같았다.

"극적으로 짠, 하고 등장하고 싶었나 보지?" 스네이프가
말을 이었다. "날아다니는 자동차가 없으니 연회가 한창인
와중에 대연회장으로 불쑥 들어와 극적인 효과를 내려고
한 거군."

가슴이 터질 지경이었지만 해리는 여전히 침묵을 지켰
다. 해리는 스네이프가 바로 이런 상황을 바라고서, 잠깐
이나마 아무도 듣지 않는 데서 괴롭히고 신경을 긁어 대려

고 그를 데리러 왔다는 사실을 깨달았다.

　그들은 마침내 성 계단에 도착했다. 거대한 오크나무 정문이 홱 열리며 거대한 현관홀의 돌바닥이 펼쳐졌다. 이야기하는 소리와 웃음소리, 접시며 유리잔이 딸그랑거리는 소리가 대연회장의 열린 문 밖으로 터져 나와 그들을 맞이했다. 해리는 다시 투명 망토를 뒤집어쓸지 말지 고민했다. 그러면 사람들 눈에 띄지 않고 (불편하게도 현관홀에서 가장 멀리 떨어져 있는) 긴 그리핀도르 식탁에 가서 앉을 수 있지 않을까?

　하지만 해리의 마음을 읽기라도 한 듯 스네이프가 말했다. "투명 망토는 안 된다. 모두가 너를 볼 수 있게 걸어가도록. 그게 바로 네가 바라던 거니까."

　해리는 돌아서서 열린 문을 지나 곧장 걸어갔다. 스네이프에게서 멀어질 수만 있다면 무슨 일이든 할 수 있었다. 네 개의 기다란 기숙사 식탁과 상석의 교직원 식탁이 놓인 대연회장은 평소처럼 둥실둥실 떠다니는 촛불들로 장식되어 있었고 그 아래서 접시들은 촛불 빛을 받아 반짝반짝 빛났다. 하지만 쏜살같이 걸어가서 사람들이 쳐다보기 전에 이미 후플푸프 식탁을 지나친 해리에게는 그 모든 것이 흐릿한 불빛에 불과했다. 그리고 다들 그를 잘 보려고 자

리에서 일어났을 때쯤 그는 이미 론과 헤르미온느를 발견
하고 재빨리 걸어가 둘 사이에 비집고 앉은 뒤였다.

"너 어디에 있…… 제기랄, 얼굴은 어쩌다 그런 거야?"
론이 근처에 있던 학생들과 함께 눈을 휘둥그렇게 뜨고 그
를 쳐다보며 물었다.

"왜, 뭐 잘못됐어?" 해리가 숟가락을 집어 들고 눈을 가
늘게 뜬 채 숟가락 뒷면에 자기 얼굴을 비춰 보며 말했다.

"피투성이가 됐잖아!" 헤르미온느가 말했다. "이리 와
봐."

그녀가 마법 지팡이를 들어 올리고 "테르지오!"라고 외
치자 지팡이가 얼굴에 말라붙은 피딱지를 빨아들였다.

"고마워." 해리는 이제 깨끗해진 얼굴을 만지며 말했다.
"코는 어때 보여?"

"멀쩡해." 헤르미온느가 걱정스러운 목소리로 말했다.
"멀쩡하면 안 될 이유라도 있어? 해리, 무슨 일이 있었던
거야? 우린 정말 무서웠어!"

"나중에 말해 줄게." 해리가 짧게 말했다. 지니와 네빌,
딘과 셰이머스가 듣고 있어서 몹시 신경이 쓰였다. 그리핀
도르 유령인 목이 달랑달랑한 닉마저 엿들으려고 의자를
따라 둥실둥실 떠왔다.

"하지만……." 헤르미온느가 말했다.

"지금은 안 돼, 헤르미온느." 해리가 음산하고 의미심장한 목소리로 말했다. 부디 다들 그가 어떤 영웅적인 일, 가급적이면 죽음을 먹는 자 몇몇에 디멘터까지 관련된 일에 얽혔을 거라고 생각해 주기를 바랐다. 물론 말포이가 최대한 널리널리 소문을 퍼뜨리겠지만 너무 많은 그리핀도르 학생의 귀에까지 그 이야기가 들어가지 않을 가능성은 있었다.

그는 닭다리 두어 개와 감자칩을 집으려고 론 앞으로 손을 뻗었지만 그가 가져가기도 전에 음식이 사라지고 디저트로 대체되었다.

"아무튼 너 배정식을 놓쳤어." 론이 커다란 초콜릿 케이크에 덤벼드는 사이 헤르미온느가 말했다.

"모자가 뭔가 재미있는 말이라도 했어?" 해리가 당밀 타르트 한 조각을 집으며 물었다.

"별로, 똑같은 얘기였어. 왜 있잖아, 적들과 맞설 때는 하나로 뭉쳐야 한다는 조언."

"덤블도어 교수님이 볼드모트 얘기를 하시지는 않았어?"

"아직. 하지만 제대로 된 연설은 항상 연회 뒤까지 아껴

놓으시잖아? 좀 있으면 듣게 되겠지."

"스네이프 말로는 해그리드가 개강 연회에 늦었다던
데……."

"스네이프랑 만났어? 어쩌다?" 론이 게걸스럽게 케이크
를 한입 가득 쑤셔 넣다 말고 말했다.

"우연히 만났지, 뭐." 해리가 얼버무렸다.

"해그리드는 겨우 몇 분 늦었어." 헤르미온느가 말했다.
"봐. 너한테 손 흔들고 있잖아, 해리."

해리는 교직원 식탁 쪽을 보고, 그를 향해 손을 흔들고
있는 해그리드에게 씩 웃어 주었다. 해그리드는 나란히 앉
아 있는 그리핀도르 담임 교수인 맥고나걸처럼 위엄 있게
행동하는 법이 없었다. 앉은키가 해그리드의 팔꿈치까지
밖에 안 오는 그녀는 해그리드의 열렬한 인사를 탐탁지 않
게 바라보고 있었다. 해리는 점술 담당인 트릴로니 교수가
해그리드의 다른 쪽 옆에 앉아 있는 것을 보고 놀랐다. 그
녀는 탑 속의 자기 교실을 떠나는 일이 거의 없었던 것이
다. 해리는 개강 연회에서 그녀를 본 적이 한 번도 없었다.
그녀는 반짝거리는 구슬 장식에 바닥에 질질 끌리는 숄
을 여러 장 걸친, 평소처럼 이상한 모습이었다. 두 눈은 안
경 때문에 큼직하게 확대되어 보였다. 늘 그녀를 한낱 사

기꾼으로 여겼던 해리는 지난 학기가 끝날 무렵 그녀가 볼
드모트 경으로 하여금 해리의 부모님을 죽이고 해리를 공
격하게 만든 예언을 한 장본인이라는 것을 알고 충격을 받
았다. 이 사실을 알고부터 해리는 자기도 모르게 그녀 가
까이 있는 걸 더욱 꺼리게 됐지만 다행히 올해에는 점술을
수강하지 않을 계획이었다. 신호등 불처럼 커다란 그녀의
눈이 그가 있는 방향으로 휙 움직였다. 그는 슬리데린 식
탁 쪽으로 얼른 시선을 돌렸다. 드레이코 말포이가 요란한
웃음소리와 박수갈채를 끌어내며 코가 깨지는 시늉을 하
고 있었다. 해리는 당밀 타르트로 시선을 떨어뜨렸다. 속
이 다시 부글부글 끓는 듯했다. 말포이와 1 대 1로 붙을 수
만 있다면 뭔들 내놓지 못할까……

"그래서, 슬러그혼 교수가 왜 불렀던 거야?" 헤르미온느
가 물었다.

"마법 정부에서 실제로 무슨 일이 있었는지 알고 싶어
했어." 해리가 말했다.

"여기 있는 애들도 다 그래." 헤르미온느가 코웃음을 쳤
다. "기차에서도 다들 그 일로 우리를 취조하다시피 하더
라니까. 안 그래, 론?"

"맞아." 론이 말했다. "다들 네가 정말로 선택받은 자인

지 알고 싶어 하더라."

"유령들 사이에서도 바로 그 주제를 놓고 많은 이야기가 오갔다네." 목이 달랑달랑한 닉이 간신히 붙어 있는 머리를 해리 쪽으로 기울이며 끼어들었다. 그 바람에 머리가 주름 깃 위에서 위태롭게 덜렁거렸다. "다들 나를 포터 전문가 같은 존재로 여기더군. 우리가 친하다는 사실은 널리 알려져 있으니 말이네. 하지만 난 정보를 빼내려고 자네를 성가시게 굴 수는 없다고 영혼 친구들에게 단호하게 말했네. '나는 해리 포터가 전적으로 믿고 비밀을 털어놓을 수 있는 사람이야.' 그리고 말했지. '그의 믿음을 배반하느니 차라리 죽음을 택하겠어'라고 말일세."

"별 의미는 없네요. 아저씨는 벌써 죽었으니까." 론이 말했다.

"자넨 이번에도 무딘 도끼날 같은 감성을 보여 주는군." 목이 달랑달랑한 닉이 모욕적이라는 듯 말하더니 공중으로 붕 떠올라 그리핀도르 식탁 저 끝으로 미끄러지듯 날아갔다. 바로 그때 덤블도어가 교직원 식탁에서 일어섰다. 대연회장에 울려 퍼지던 말소리와 웃음소리가 일시에 멈췄다.

"여러분 모두에게 최고의 저녁이 되기를 바랍니다!" 그가 활짝 미소 지으며 대연회장 전체를 끌어안으려는 듯 두 팔을 쫙 벌리고 말했다.

"손은 왜 저렇게 되셨지?" 헤르미온느가 헉하고 숨을 들이켰다.

그 사실을 눈치챈 건 그녀만이 아니었다. 덤블도어의 오른손은 해리를 데리러 더즐리네 집에 왔던 그날 밤처럼 죽은 듯 시커멨다. 수군거리는 소리가 대연회장을 휩쓸었다. 덤블도어는 그 의미를 제대로 이해하고 그저 빙긋 웃으며 보라색과 금색을 띤 소매를 흔들어 상처를 가렸다.

"걱정할 일은 아니에요." 그가 대수롭지 않다는 듯 말했다. "자…… 신입생들, 반갑습니다. 재학생들, 돌아와서 반갑습니다! 마법 수업으로 가득한 한 해가 또다시 여러분을 기다리고 있습니다."

"여름에 봤을 때도 손이 저랬어." 해리가 헤르미온느에게 속삭였다. "그래도 지금쯤은 나으셨을 줄 알았는데……. 폼프리 선생님이 치료해 주시거나."

"죽은 사람 손 같아." 헤르미온느가 소름 끼친다는 듯 말했다. "몇 가지 치료할 수 없는 상처들도 있긴 해……. 오래된 저주라든가…… 해독제가 없는 독약도 있고……."

"……그리고 건물 관리를 맡고 계시는 필치 씨가 위즐

리 형제의 위대하고 위험한 장난감이라는 가게에서 산 장난감들은 모두 금지 품목이라는 점을 알려 달라고 부탁했습니다. 기숙사 퀴디치 대표팀에서 활동하고 싶은 학생들은 평소처럼 기숙사 담임 교수님들께 이름을 적어 내세요. 새로운 퀴디치 중계자도 모집 중인데, 같은 방법으로 지원하면 됩니다. 이번에도 새로운 교수님을 맞이하게 되어 기쁘군요. 슬러그혼 교수님은……." 슬러그혼이 자리에서 일어섰다. 촛불 빛에 대머리가 반짝반짝 빛났고 조끼를 걸친 커다란 배가 아래쪽 식탁에 그림자를 드리웠다. "나의 옛 동료로, 예전에 맡았던 마법약 교수 자리를 다시 맡아 주시기로 했습니다."

"마법약?"

"마법약?"

자기가 제대로 들었는지 궁금해하는 학생들의 웅성거림이 대연회장에 울려 퍼졌다.

"마법약이라니?" 론과 헤르미온느가 해리에게로 고개를 돌리며 동시에 말했다. "하지만 네가 말하기로는……."

"한편 스네이프 교수님은……." 덤블도어가 목소리를 높여 그 모든 웅성거림을 누르고 말했다. "어둠의 마법 방어법 수업을 맡아 주실 겁니다."

"안 돼!" 해리가 말했다. 어찌나 큰 소리로 내뱉었는지 수많은 학생이 고개를 돌려 그를 쳐다보았다. 아무래도 상관없었다. 그는 화가 머리끝까지 치밀어 교직원 식탁을 올려다보았다. 이제 와서 어떻게 스네이프에게 어둠의 마법 방어법 교수 자리를 맡길 수 있단 말인가? 덤블도어가 그 일을 맡길 만큼 스네이프를 믿지 못한다는 건 오랫동안 널리 알려진 사실 아니었나?

"하지만 해리, 너는 슬러그혼 교수님이 어둠의 마법 방어법을 가르칠 거라고 했잖아!" 헤르미온느가 말했다.

"그런 줄 알았지!" 해리는 그렇게 말하고는 덤블도어가 언제 그런 말을 했는지 떠올리려고 머릿속 기억을 더듬어 보았다. 하지만 이제 와서 생각해 보니 덤블도어가 슬러그혼이 무엇을 가르치게 될지 말해 준 기억은 없었다.

덤블도어 오른쪽에 앉아 있던 스네이프는 자기 이름이 불렸는데도 일어나지 않고 느릿느릿 한 손을 들어 올려 슬리데린 식탁에서 터져 나오는 박수갈채에 응답할 뿐이었다. 하지만 해리는 끔찍하게 싫은 그 얼굴에 떠오른 득의만만한 표정을 똑똑히 보았다.

"그래, 좋은 일 하나는 있네." 해리가 무자비하게 말했다. "올해 말에는 스네이프도 떠나겠지."

"무슨 말이야?" 론이 물었다.

"저주 걸린 자리잖아. 아무도 1년 이상 버티지 못했어. 퀴럴은 저 자리를 맡았다가 실제로 목숨을 잃었고. 개인적으로, 또 한 번 죽는 사람이 나오기를 두 손 모아 빈다."

"해리!" 헤르미온느가 화들짝 놀라며 나무라듯 말했다.

"올해가 끝날 때쯤에는 다시 마법약을 가르치게 될지도 모르지." 론이 그럴듯하게 말했다. "저 슬러그혼이라는 사람이 오래 머물고 싶어 하지 않을지도 모르니까. 무디도 그랬잖아."

덤블도어가 목을 가다듬었다. 스네이프가 마침내 진심으로 바라던 바를 이루었다는 소식을 듣고 떠들어 댄 사람은 해리, 론, 헤르미온느만이 아니었다. 대연회장 전체가 웅성거렸다. 자기가 방금 얼마나 놀라운 소식을 전했는지 모르는 듯 덤블도어는 교수 임명에 관해서는 더 이야기하지 않고 사방이 완전히 조용해질 때까지 잠시 기다렸다가 말을 이었다.

"자, 이 연회장에 있는 모두가 알고 있듯이 볼드모트 경과 그의 추종자들이 다시 한 번 활개를 치고 다니며 힘을 키워 가고 있습니다."

덤블도어의 말에 대연회장 안을 가득 채운 침묵이 팽팽

하게 긴장되는 것 같았다. 해리는 말포이를 힐끔 바라보았다. 말포이는 덤블도어 쪽을 보지 않고 마법 지팡이로 포크를 공중에 띄우고 있었다. 마치 교장의 말에 관심을 기울일 가치가 없다는 것처럼.

"현재 상황이 얼마나 위험한지, 호그와트에서 우리 모두가 안전하게 지내려면 얼마나 많은 신경을 써야 하는지는 아무리 강조해도 모자랄 겁니다. 지난여름에 걸쳐 성의 마법 방어 시설이 강화되어 우리는 새롭고 더욱 강력한 조치들로 보호받고 있습니다. 하지만 학생들이든 교직원들이든, 우리 모두 안전에 부주의해지는 일이 없도록 철저하게 주의를 기울여야 합니다. 따라서 나는 교수님들이 여러분에게 요구하는 모든 보안상의 규제에 따라 줄 것을 요청하는 바입니다. 아무리 짜증스럽더라도 말이죠. 특히 취침 시간 이후 잠자리를 벗어나지 말아야 한다는 규칙은 반드시 지켜 주기를 바랍니다. 성 안에서나 밖에서 뭐든 이상하거나 수상한 일을 발견하면 즉시 교직원에게 알려 주기를 부탁합니다. 나는 여러분이 무엇보다도 자기 자신과 다른 사람 모두의 안전을 최우선으로 생각하고 행동해 줄 거라고 믿습니다."

덤블도어의 푸른 눈이 학생들을 쭉 훑었다. 그는 다시

미소를 머금었다.

"하지만 지금은 더할 나위 없이 따뜻하고 편안한 여러분의 침대가 마련되어 있습니다. 또 나는 여러분에게 가장 중요한 일이 내일 수업에 대비해 푹 쉬는 것이라는 사실도 알고 있어요. 그러니 작별 인사를 합시다. 안녕히 가십시오!"

평소처럼 귀청이 떨어질 것 같은 소리를 내며 의자들이 바닥에서 뒤로 밀리고 수백 명의 학생이 각자의 기숙사를 향해 줄지어 대연회장을 빠져나가기 시작했다. 얼빠진 듯 그를 바라보는 사람들과 서둘러 떠나고 싶은 마음도 없고 코를 밟은 이야기를 다시 할 기회를 줄 만큼 말포이 가까이 있고 싶지도 않았던 해리는 그리핀도르 학생들 대부분이 그를 앞질러 갈 때까지 뒤에 남아 운동화 끈을 다시 묶는 척했다. 헤르미온느는 1학년생들을 안내하는 반장의 임무를 다하기 위해 쏜살같이 뛰쳐나갔지만 론은 해리 옆에 남았다.

"코는 진짜 어쩌다 그런 거야?" 대연회장에서 밀려 나가는 줄 맨 끝에 서서 누구도 엿들을 수 없게 되자 론이 물었다.

해리는 론에게 무슨 일이 있었는지 털어놓았다. 론은 웃지 않음으로써 그들의 우정이 얼마나 깊은지를 보여 주었다.

"말포이가 코를 갖고 무슨 시늉을 하는 걸 보긴 했다만." 그가 음산하게 말했다.

"그래, 뭐, 그건 신경 쓰지 마." 해리가 씁쓸하게 말했다. "내가 거기 있다는 걸 알아차리기 전까지 그 자식이 무슨 얘길 했는지나 들어 봐." 해리는 말포이가 자랑처럼 한 말을 들으면 론이 충격을 받을 줄 알았다. 하지만 론은 그다지 대수로울 것도 없다는 태도였다. 해리에게는 그 모습이 고집불통으로밖에 보이지 않았다.

"왜 이래, 해리. 그냥 파킨슨 앞에서 허세 부린 거잖아…… '그 사람'이 걔한테 무슨 임무를 주겠어?"

"볼드모트한테 호그와트에 있는 누군가가 필요할 수도 있지. 네가 어떻게 알아? 이번이 처음도 아닐……."

"그 이름 좀 그만 말했으면 좋겠다, 해리." 뒤에서 나무라는 목소리가 들렸다. 돌아보니 해그리드가 고개를 설레설레 젓고 있었다.

"덤블도어 교수님은 그 이름을 부르시잖아요." 해리가 고집스럽게 말했다.

"그건 뭐, 덤블도어 교수님이잖냐." 해그리드가 알쏭달쏭하게 말했다. "그런데 왜 늦은 거냐, 해리? 걱정했잖아."

"기차에서 발목이 잡혔어요." 해리가 말했다. "그러는 아저 씨는 왜 늦었는데요?"

"나는 그롭이랑 같이 있었지." 해그리드가 행복한 듯 말했다. "시간 가는 줄 몰랐어. 지금은 산 위에 새 보금자리를 마련했거든. 덤블도어 교수님이 마련해 주셨어. 크고 멋진 동굴이야. 숲에 있을 때보다 훨씬 행복해해. 우리는 즐겁게 수다를 떨기도 한단다."

"정말요?" 해리가 론의 시선을 피하려고 애쓰며 말했다. 지난번 만났을 때 해그리드의 동생이자 나무를 뿌리째 뽑는 재주를 가진 그 악랄한 거인이 구사할 수 있는 단어는 다섯 개뿐이었는데 그중 둘은 제대로 발음조차 못 했다.

"아, 그래. 정말 잘 따라와 주고 있어." 해그리드가 자랑스럽게 말했다. "너희도 놀랄 거야. 녀석을 내 조수로 훈련시킬까 생각하고 있어."

론은 큰 소리로 코웃음을 치다가 간신히 요란한 재채기인 척 꾸며 냈다. 그들은 이제 오크나무 정문 근처에 서 있었다.

"아무튼 내일 보자. 점심시간 바로 다음이 첫 수업이야. 일찍 오면 벅…… 그러니까, 위더윙스랑 인사할 수 있을 거야!"

해그리드는 한 팔을 들어 올려 명랑하게 작별 인사를 건

네고 정문 밖 어둠 속으로 들어갔다.

해리와 론은 서로를 바라보았다. 해리는 론의 가슴도 그와 마찬가지로 철렁했다는 것을 알 수 있었다.

"너, 마법 생명체 돌보기 안 듣지?"

론이 고개를 끄덕였다.

"너도?"

해리도 고개를 끄덕였다.

"헤르미온느도……." 론이 말했다. "안 듣지?"

해리가 다시 고개를 끄덕였다. 가장 아끼는 학생 셋이 자신의 과목을 포기했다는 사실을 알면 해그리드가 정확히 뭐라고 말할지 생각하고 싶지 않았다.

(제6권《해리 포터와 혼혈 왕자 2》에서 계속됩니다.)

강동혁은 서울대학교 영문학과와 사회학과를 졸업하고 같은 학교 대학원에서 영문학 석사학위를 받았다. 옮긴 책으로는 《신비한 동물사전 원작 시나리오》, 《일곱 건의 살인에 대한 간략한 역사》, 《레스》, 《이 소년의 삶》 등이 있다.

해리 포터와 혼혈 왕자 1(그리핀도르 기숙사 에디션)

초판   1쇄 인쇄 2022년 9월 21일
초판   1쇄 발행 2022년 10월 18일

지은이 | J.K. 롤링
옮긴이 | 강동혁
발행인 | 강봉자, 김은경

펴낸곳 | (주)문학수첩
주소 | 경기도 파주시 회동길 503-1(문발동 633-4) 출판문화단지
전화 | 031-955-9088(마케팅부), 9532(편집부)
팩스 | 031-955-9066
등록 | 1991년 11월 27일 제16-482호

홈페이지 | www.moonhak.co.kr
블로그 | blog.naver.com/moonhak91
이메일 | moonhak@moonhak.co.kr

ISBN 978-89-8392-963-1 04840
       978-89-8392-901-3 (세트)